任等 著

# 两个人，
# 一个世界

文汇出版社

**图书在版编目（CIP）数据**

两个人，一个世界 / 路小佳等著 . -- 上海：文汇
出版社，2017.1
ISBN 978-7-5496-1875-0

Ⅰ.①两… Ⅱ.①路… Ⅲ.①散文集－中国－当代
Ⅳ.① I267

中国版本图书馆 CIP 数据核字（2016）第 229474 号

## 两个人，一个世界

出 版 人／桂国强
作　　者／路小佳　等
责任编辑／乐渭琦
封面装帧／阿　赖
出版发行／文匯出版社
　　　　　上海市威海路 755 号
　　　　　（邮政编码 200041）
经　　销／全国新华书店
印刷装订／三河市金泰源印务有限公司
版　　次／2017 年 1 月第 1 版
印　　次／2019 年 1 月第 2 次印刷
开　　本／889×1194　1/32
字　　数／149 千字
印　　张／7

ISBN 978-7-5496-1875-0
定　价：32.80 元

# 目录

# contents

# 我爱你是胖子

❤❤

Chapter 01

我爱她是个胖子。圆滚滚的，健康，活泼，又漂亮。因为爱她，不能让她丢了理想，要让她快快乐乐地生活。


1

肥胖是女人的天敌。

一旦体重上升，就比世界末日还可怕。

就鬼哭狼嚎，就节食，就拼命跳操。

我认识的妹子里，几乎没有谁能逃脱长胖—减肥—长胖—减肥的死循环。

除了陈璨璨。

陈璨璨，我们叫她陈璨擦。璨擦长着一张大饼脸，还特别好吃。每次同学聚会，璨擦都是扫盘子的那个。吃到最后，大家酒足饭饱，璨擦还冲着服务员嚷嚷：再给我加碗饭！

然后对我们一笑：不要浪费嘛，菜汤里也是有很多营养的。

常年吃着菜汤拌饭的璨擦越来越珠圆玉润。但璨擦不在乎。

有一次搭公交，璨擦身旁坐着个中年大妈。大妈盯着璨擦看，看到璨擦浑身不自在的时候，开口了：幺妹儿，你长得好像洋娃娃！可爱！

璨擦毛骨悚然：阿姨你别这样，阿姨我脸大。阿姨我不像洋娃娃。

大妈摇头：不不不，你就是洋娃娃。脸大的人我才夸她像洋娃娃。

璨擦默默地在心头挥了一把辛酸泪：那脸小的呢？

大妈若有所思：脸小的？脸小的我一般说她像芭比娃娃。

璨擦捂住气闷的胸口：哈哈哈，阿姨你真逗！

大妈继续补刀：脸大福气好啊，幺妹儿你一定旺夫。

璨擦吐血：谢谢阿姨夸奖。阿姨我到站了，先下车。

下车后的璨擦足足步行半个小时，才走到我们约好的地点。听她讲完这段公交奇遇，所有人都笑得上气不接下气：很好很好，人身攻击新技能 get ！

璨擦强忍悲痛：算了算了。看在她说我旺夫的分上，我原谅她。

接着叫来服务员：来两块蛋糕，一杯热巧。

2

之所以璨擦如此不看重身材，是因为璨擦早就交了男朋友。

有了男朋友，炫死单身狗。有了男朋友，未来不用愁。

璨擦的男朋友，大家都认识。高才生，学霸男，念核物理专业。非常洋气，非常高大上。

还在高中时，学校出了很多变态的规定。

比如男生必须平头，女生必须齐耳短发；比如体育课全部取消，改成考试课；比如不准在外面吃饭，只准吃食堂。

其他姑且不论，光是最后一条，就要了二雷的命。

二雷嘴巴刁。不吃香菜不吃葱，不吃鸡也不吃鸭。肥肉？不吃。芹菜？不吃。苤蓝？不吃。如果把二雷不吃的东西一项一项全部列下，清单的长度也许会超过两条长江。

挑食的二雷第一回拎着饭盒去食堂排队时就惊呆了。食物禁忌表中所有的大杀器，都静静地在食堂橱窗里盯着他。二雷头皮发麻，饭盒掉在地板上发出"哐当"的巨响。

那天二雷在饥饿中度过了一个漫长的下午，直到一阵香味传到他鼻孔。

是璨擦，正在剥糖炒栗子的璨擦。那热腾腾的甜香夹杂着秋天特有的桂花味道，钻进二雷的鼻孔。二雷口水都要掉下来了。

璨擦吃了一颗，又吃了一颗。当璨擦准备剥第三颗时，二雷终于忍不住了。

很少跟女生讲话的二雷蹭到璨擦面前，红着脸说：璨擦同学，能把你的栗子送我吗？

璨擦很坚决：不行。

二雷伤心地缩了回去。

璨擦继续剥栗子。剥到不知道第几颗，突然想到了什么。她转过头看着二雷：想吃吗？

二雷拼命点头。

璨擦说：如果你肯给我补课，我就把栗子送给你。

二雷说：好！

二雷被璨擦骗了，纸袋里只剩下一堆壳儿。但男子汉一言既出，八匹马都难追啊。二雷成了璨擦的补课老师。

璨擦其实也没那么无良。自从二雷开始给她补课，她就给二雷带各种各样好吃的：烤玉米、草莓蛋糕、山东杂粮饼。虽说全是路边摊儿产品，但每一样都比堂饭的好吃千倍万倍。二雷终于摆脱了饿肚子的命运。

正所谓经济基础决定上层建筑，二雷在吃饱喝足后突然开始思考起人生大事了。

二雷思考的人生大事是：璨擦是如何在学校的高压政策下弄到外界的食物的。

想来想去，二雷也想不明白。于是跑去虔诚地请教璨擦。

璨擦拿着尺子画坐标轴，连头也不抬：翻墙啊。

二雷肃然起敬。

二雷是个好学生，除了挑食外几乎没有其他缺点。平时看看书做做题，做做题看看书，不爱跟人说话。尤其是女生。学校里的女生，个个小心眼儿，难伺候。

跑个八百米就跑吐了，做个肩肘倒立就瘫倒了，但逛街买衣服却能从早上八点一路走到下午八点，踩着厚底鞋也雄赳赳气昂昂。

翻墙这种难度系数如此高的运动，一个普通女生如何做到？显然，璨擦是非凡的物种。

二雷对璨擦瞬间产生了浓厚的研究兴趣。

二雷说：璨擦，中午放学不如我们一起出去吃吧。

3

站在围栏前，二雷就傻了。

他眼睁睁看着璨擦同学手脚并用迅速上墙，然后骑在墙上冲着他叫：二雷！你手脚快点！你太慢啦！一会儿保安该来抓人啦！

二雷说：呃……我好像爬不上去。

璨擦一脸鄙夷：你踩左边第三排往右第五块砖，然后是右上第七块，找准这两个点，就能爬上来了。

二雷努力，未遂：璨擦你拉我一把啊！

璨擦拉住二雷的手用力，结果重心不稳，四仰八叉地摔倒在地上。

二雷笑：璨擦你好像乌龟。

璨擦爬起来，黑着一张脸：你才是乌龟。你太没用，我不等你了，我走了。

二雷着急：别别别，再等我两分钟！不！一分钟！我好像看到保安员了。

然后二雷也终于姿势难看地爬了上来，可惜在往下跳的那个瞬间，他的鞋头被铁钩钩住，脚朝上头朝下地挂在了围栏上。

璨擦在被保安员抓获的同时也恐慌地看到一股血从二雷的头上冒了出来。

二雷走出医务室，疼得龇牙咧嘴。

璨擦：没事吧？

二雷：轻微脑震荡。

璨擦：那怎么办！你别吓我！

二雷：医生说会影响智商。

璨擦：对不住对不住，我不该怂恿你和我一起翻墙。可是二雷啊，这事情你也不能全怪我。

二雷：为什么？我就怪你，就怪你。

璨擦一张脸煞白：说吧，你要多少赔偿金，回头我叫我爹把我卖了。

二雷：这倒也不用。不过我搞成这样，间接也是你的原因。

璨擦：不用赔钱就好。

二雷：我碰到头，智商下降，以后一定很难找对象。那么我只好要你负责了。

璨擦眼珠子都快掉地上了。

就这样，璨擦成了二雷的女朋友。由于两个人都对吃抱有极大的追求，相处起来特别融洽。

在璨擦的指导下，二雷苦练翻墙技术，终于也成了一把好手。每天中午和璨擦一起逃避保安员的抓捕，四处搜罗美食，成为校园里颇具传奇色彩的神雕侠侣。

只可惜，二雷给璨擦补再多的数学课，璨擦的数学依然烂得像狗屎。

璨擦郁闷：完蛋了，高考考不好了。

二雷：没事的，我能考好就行了。

璨擦不解：你考好关我什么事？

二雷深情款款：我考好了，就能上好学校。我上了好学校，就能找到好工作。我找到好工作，就能挣很多钱。我挣了很多钱，就能养你了。

璨擦一巴掌扇过去：才不要你养。

二雷很委屈：就要养！

璨擦又是一巴掌：我又不是你的宠物，少来这一套。

二雷捂着脸，想：眼光果然没错。璨擦同学和别的女生就是不一样。

4

高考结束，璨擦留在本地学俄语，二雷去了北京学核物理。

核物理是一项很费脑的学科。学霸二雷偶尔也有点儿压力山大。

压力山大的二雷给璨擦打电话，第二天就会收到顺丰送来的零食大礼包。

每一样都是挚爱啊！牛板筋！鱿鱼丝！海苔片！璨擦棒棒哒！

然后二雷也开始给璨擦寄吃的。

只可惜北京这个地方好吃的确实不多，二雷寄给璨擦的茯苓饼和驴打滚难吃得璨擦眼泪花都冒出来了。

璨擦愤怒：二雷！你品味怎么下降了这么多！

二雷：没办法，学习任务重，你不在，都丧失觅食动力了。

太牵挂成都的美食和璨擦的二雷，时不时就翘课往成都跑。一到成都，两个吃货聚首，眼睛都放光。

冷吃兔、甜水面、芋儿鸡、老码头。三天下来，双双长胖。

我满怀担忧地说：璨擦啊，你看你都快肥成冬瓜了。

她却不以为然：没事，反正都有男朋友了。

我：但如果你们俩分手怎么办？

她跳起来就要撕我的嘴：你能不能讲点好听的。

我：你仔细想想，你现在在成都，他现在在北京，大学四年过后都不知道谁会在哪里工作。到时候要怎么办？继续四年异地恋吗？

璨擦胸有成竹：其实我知道二雷毕业要去哪里工作。

我：你怎么知道？

璨擦：因为他是定向培养的学生啊。他去哪儿，我去哪儿。

定向培养的学生，毕业后都要去分配的单位工作。一工作，至少五年。否则，支付高额违约金。

二雷被分到的地方，是连云港。

从成都到北京再到连云港，兜了好大一个圈。璨擦不想跟二雷分开，于是提着行李箱也飞去了连云港。

只可惜，在连云港根本就找不到专业对口的工作。最后，学俄语的璨擦去了一家私企做秘书，月薪两千块。拿着两千块的工资，交房租，开生活。璨擦很吃力。

而这时候的二雷，比起读书那阵，轻松自在多了。

说起核物理，大部分人都一无所知。可是，连云港有个核物理研究所啊！所里有很多同事啊！同事个个都是学霸啊！学霸见学霸，惺惺相惜啊！

当璨擦去菜市场买菜的时候，二雷在搞研究。当璨擦下厨房炒菜的时候，二雷在搞研究。当璨擦收拾碗筷去洗碗的时候，二雷还在搞研究。

璨擦摸摸自己书架上落灰的俄语书籍，轻轻叹了口气。

在北京生活四年，在连云港生活一年，二雷的嘴好像没有以前那么刁了。

璨擦问：今天吃什么？

二雷说：随便。

璨擦问：明天吃什么？

二雷说：随便。

璨擦问：那周末又吃什么？

二雷说：不是讲过了吗？！随便啊。

璨擦说：二雷啊，既然你已经不再挑食，那我还是回成都吧。外交办需要一个工作人员，俄语方向的，我觉得我可以去试试。

二雷有点儿没回过神来：你说什么？你要走？在连云港工作生活不是好好的吗？

璨擦点头，很郑重：我现在就收拾东西，你帮我订一下机票吧。

5

璨擦提着行李箱赶到机场，然后拿着身份证去换登机牌。

工作人员看着璨擦的身份证，又看着电脑：请问你是陈璨璨？

璨擦点头。

工作人员很疑惑：为什么录入名是陈璨璨？

璨擦惊呆：不会吧！璨擦是我小名。

工作人员说：对不起，乘客信息不一致，我们不能让你登机。

璨擦：凭什么！为什么！

工作人员还是很温柔：这是我们的规定。陈小姐不要让我们难做。

璨擦：我一定要打瘸二雷的腿。

工作人员：二雷是谁？

璨擦：我男朋友。

工作人员惊愕：你男朋友？你男朋友居然不知道你叫什么名字？天哪，还不分手？

璨擦：好，我这就把他变成前男友。

璨擦自己掏钱重新买了张机票，头也不回地上了飞机。然后，坐在位子上偷偷地掉眼泪。

另一边，二雷正唉声叹气：固执，勇敢，又独立。璨擦同学还是当年的那个璨擦同学啊。

比起窝在连云港当煮饭娘，回成都做外交官显然霸气多了。

璨擦的精气神都有了很大提升，唯一不变的是照旧对吃抱着强烈的欲望。

也许吃啊吃啊，那些烦恼和忧愁都会不见了。

每天一下班，璨擦就给我们打电话约饭。火锅、麻辣烫、串串香、棒棒鸡……酒肉穿肠过，忧愁心中留。

成日胡吃海喝的璨擦越来越胖，脸也越来越大。

就在这个时候，她刷朋友圈刷到一条状态。

是二雷发的。在连云港的二雷，居然，跟一女同事，谈恋爱了。

璨擦悲愤地砸掉了装着意大利面的盘子。

6

从那以后，璨擦不再跟我们约饭了。她突然间对美食丧失了所有兴趣。

对美食丧失兴趣的璨擦开始重拾曾经最爱的运动——翻墙。

考虑到人在这个年纪，翻墙确实很不雅。璨擦就曲线救国，买了张攀岩运动馆的会员卡，成天在腰里系着个绳子荡来荡去。

我在地面看得心惊：璨擦，你不是恐高吗。

璨擦：早在高中那阵帮二雷代购午饭的时候，我就不恐高了。

我：璨擦要不你下来吧，我这么仰视着你感觉头晕。

璨擦：我仰视了二雷那么久，我也头晕。

我：你怎么说话还句句不忘二雷呢。

璨擦：因为我爱他。

我：可是你们已经分手了。

璨擦：那也不妨碍我继续爱他。

璨擦继续爱着二雷，但是以瘦子的方式爱着他。

她健身，节食，很快成了一根竹竿。

在一起六年的时光，现在看来好像一个笑话。曾经放下理想，愿意为一个人洗手做羹汤。曾经不顾形象，把自己吃成个胖子。可惜对方好像一点儿也不在意，就连自己的名字，居然都记不清。璨擦心里还是有那么些恨意的。

瘦下来的璨擦果然像芭比娃娃。脸尖尖的，眼睛大大的，很漂亮。漂亮的姑娘谁不爱？很快地，璨擦身边就聚集了一大堆男生。

万花丛中过，片叶不沾身。璨擦谁也不爱，谁也不要。

爸妈开始着急她的婚姻，安排她去参加一次又一次的相亲。璨擦不反抗，不拒绝。她不想违拂老人。只是每一次，见到相亲对象，璨擦就会掏出手机把自己还胖着的照片拿给对方看：这妹子怎么样，像不像洋娃娃？我闺密，我代她来相亲。

对方摇头：这女真胖，你没搞错吧？

璨擦立马跳起来把对方轰出去，然后看着对方一脸迷惑的样子，在心头冷笑。

直到有一天，璨擦遇到一个优质男。

优质男温柔，体贴，大方。落座的时候知道帮璨擦拉开凳子，点菜的时候知道先问璨擦有没有忌口，叫服务员的时候不会不耐烦地摆谱儿。

哪怕璨擦嬉皮笑脸祭出终极武器，优质男也没有骂璨擦神经。

优质男说：这个是你以前的模样吗？可爱，好像个洋娃娃。

璨擦的眼泪一下子就掉了下来。

优质男不知道璨擦为什么会哭，手忙脚乱地递纸巾。

然后璨擦一边哭，一边扑过去抱住了他。

7

对于璨擦和优质男的结合，朋友们都表示没有意见。

远在连云港的二雷，自然也没有表达意见。

璨擦结婚的时候，二雷没来。二雷托我给璨擦带了个红包：替我祝她幸福。

我：二雷你真没种。明明喜欢璨擦，干吗还放她走。

二雷：我故意买错了机票，我以为她登不了机就会回来。但是她没有。

我：那你为啥不找她说清楚。

二雷：后来我一想，璨擦留在这里，没有任何意义。她学的是俄语，她有她的志向，有她的规划，我不能阻止她。

我：哦。

二雷：她是个独立的女孩儿，不喜欢倚仗任何人，哪怕那个人是我。

我：所以你就让她走？

二雷：这些年，我和她不在同一个地方，对彼此来说都是折磨。

我：异地恋的那么多，也不缺你们两个。

二雷：但我不要她受折磨。如果在一起，会让她丢掉理想。她会很痛苦。如果不在一起，会让她丢掉爱情。她也会很痛苦。

我：结果你让她丢掉了爱情。

二雷：因为爱情丢了，还能再找。理想丢了，就很难找。

我：二雷你不仅是核物理家，你还是哲学家。

二雷：你看，现在璨擦找到了另一个优质男。快快乐乐，和和美美，多好。

我：别光感慨璨擦了。说说看，你计划什么时候和你那女同事摆酒？

二雷：我根本就没有跟女同事在一起。我是骗她的。

我：我擦。

二雷：不这样做的话她也许不会死心。她对我不死心，就没法儿爱上别人。

我：你不仅是哲学家，你还是情圣。

二雷：而现在的我，更爱璨擦了。可是璨擦身上，只有一点儿是不好的。

我：哪一点？

二雷：她太瘦了，太瘦不好，营养会跟不上。我爱她是个胖子。圆滚滚的，健康，活泼，又漂亮。

／路小佳

# 他是杜汶泽，
# 也是陈小春

❤️

Chapter 02

感情路上总会有一些坎儿，你过去了，它就不再是坎儿，你不过去，它就是一道疤，总是戳在那里，时不时杵你一下，始终不肯变成你茶余饭后指点人生的谈资。

欣哥是我见过的最靠谱的男人里看上去最不靠谱的那类人。

秤砣一样壮硕的身材，顶着圆寸头，一身痞子气，过飞机安检都得被人多查几遍。一小圈吃货男人帮出行时，他若走在前面，就会像黑老大带着小弟去砍人，路人皆避让三分。这人还特愤青，凡是他看不过去的就要管一管，在微博上看见某市的强拆新闻，就百度查了人家的市长专线，打过去骂了一通。

欣哥也很喜欢看美女，但不好看的他还喜欢大声谈论人家的身材罩杯。某次一起排队吃自助餐，前面的美女凹凸有致臀型饱满，欣哥一脸坏笑地指着中正部位说："国破山河在，城春草木深。"

"美女"听见了一回眸，吓软了后面意淫的色狼们。

欣哥失望地说："唉，好好一张屁股，让脸给毁了。"

就是这么个人，愤青还带着一些歪才，就算拉去拍偶像剧也永远都是演谐星的料。

我们经常挑最火的烧烤排档，吃最新鲜的生蚝。正是这样舒适惬意的时候，欣哥总要忆往昔峥嵘岁月，说大学毕业刚出来的时候，没有工作房租都交不起，话费都是靠家里帮着充，手上除了吃饭的花费都没有多余的钱坐公交。后来熬到房租也交不起了，就出门步行去借钱，经常是顶着四十几摄氏度的天气徒步走十几站地，每天精打细算地过日子，从牙缝里挤出一片天地。

他说那时候就想带老婆吃一顿春饼，后来就瞒着老婆在外面兼职，每晚加班三个小时赚四十块钱，周末就两人一起去吃大餐。第一次去的时候，他看着老婆幸福的吃相，自己心里嘤嘤地哭。那是男人没钱的日子，穷苦疲惫，却永耀光辉。现在我看见这对互相鄙视的胖夫妇，无法想象他们当初卷着春饼互相喂吃的样子。

他们有过一段插曲，只有少数人知道。就在两个人日子逐渐转好的时候，欣嫂因工作需要去北京出差一个月。寻常看这倒也没什么，两个人彼此信任，轻车熟路地交代些生活上的琐碎，欣嫂就踏上了去北京的路。

这一去可倒好，欣嫂所在公司北京分部的老总一眼就看上了她，每天开车载她绕着帝都转，吃牛排喝红酒，早餐晚餐再加餐，扫货一层二层又三层。欣嫂没见过这架势，半个月就缴械了，一个月后根本没打算走。这就又待了一个月，她敷衍着欣哥说是工作需要，欣哥倒也没多问。

　　等嫂子再回来就是收拾行李，迁都京城了。欣哥一下就傻了眼，后来听说嫂子收拾行李时，他也没拦着，自己穿着拖鞋出门跑步，能跑多远就跑多远。他一边跑一边哭，哭得迷路了，眼镜也丢了，拖鞋只剩一只时才一瘸一拐地往回走，一脚一个血印。

　　没有翻天覆地的变化，也没有寻短见殉情的戏码，一切依旧。欣哥没有颓废买醉，只是把房子收拾得越发干净整洁，开始系着围裙钻研食谱，中西大餐，日式甜点，仿佛把菜谱与食材都装进大脑，手上拿着菜刀，心里想着工序，那些难过的事才能暂且放一放。

　　感情路上总会有一些坎儿，你过去了，它就不再是坎儿；你不过去，它就是一道疤，总是戳在那里，时不时杵你一下，始终不肯变成你茶余饭后指点人生的谈资。

　　半年过去了，朋友们见证着欣哥从泡面领主变成业界神厨的心路历程。他的每道菜都细心地拿捏着配料、掌控着火候，和半年前那个对着女郎吹口哨的爷们儿判若两人。

后来我才知道，欣哥很早就想学做饭，想在家也能做出两个人都爱吃的美食，不仅节省开支也丰富情趣，谁知这计划没来得及实施，便蒲苇不如丝了。欣哥却在这计划完全失去意义以后迅速地实施了，他每时每刻都在潜意识里提醒自己：这盘中的美味，他要独自一人吃下，独自一人。我明白他在用这样的方式，锻炼自己的坚强。

也就是这个时候，欣嫂回来了，带着和欣哥一样的伤。北京阔佬没法娶她，因为阔佬的千金不喜欢她，欣嫂也没耐着性子和他女儿相处，就步步紧逼着阔佬。最后，蜜月期过了，阔佬的"去你妈爱谁谁"脾气上来了。欣嫂眼看修成正果已无望，就主动辞职了。

举目无亲的北京她一刻也没想多待，提着行李就杀回了深圳。飞机起飞前，她发了条短信给欣哥，内容是"晚八点到深圳"，信息发出后就关机了。

下飞机后，她戴上墨镜掩饰半年前义无反顾的尴尬。待她走出机场后环顾四周，欣哥正站在一辆出租车前缓慢地挥手，干净而笔挺。

两人回去的车上彼此恭让，连问候的寒暄都没有，就好像以往的某天接欣嫂下班一样。到家后，嫂子在熟悉的客厅里陌生地望着四壁，客厅多了一些储物柜、杂志和植物，井然有序，卧室里一席独被，方方正正安安静静。欣哥系着围裙默默地煲汤，仿佛一如往常。许久以后，欣哥才告诉我，他在厨房做饭的时候，忍着决堤一样的泪水没哭出声音，嘴却咧到了耳朵边上。一个人静静地哭得声嘶力竭，一锅汤没敢多放盐。

男人就是这样，明知道会遇见很多必然要妥协的事，却藏着一肚子委屈怎么也不肯言说。想要自尊不接受你回头，却也放不下你一人流落街头，想了无数次重逢的画面，看见你狼狈也该觉得报应如此，预先准备好的嘲讽一张嘴却变成了嘘寒问暖。想言也言不由衷，想弃却锲而不舍，恨总比爱容易放下。

我问欣哥，嫂子在北京的时候，你想不想她？

欣哥说不想，就是惦记。

我说惦记不就是想，有什么不一样。

我暗自感叹，果然是男人改变世界，女人改变男人，一次别离就要了他侠客的放荡风骨。

万能青年旅店说，是谁来自山川湖海，却囿于昼夜厨房与爱。

直到我自己和心爱的姑娘分隔两地时才明白，这想和惦记还真是两码事。

想念是主观的，带有自身强烈的欲望，想你每时每刻都在自己身边，想和你一起吃饭，一起睡觉，一起逛街，一起洗澡。想参与你生活里的每个细节，想把自己刻进你人生的每一寸掌纹。

而惦记是一种沉默的温柔，是远远地看着你，用目光打探你的体态与面容，妄自揣摩你的生活状态，想你能吃好、睡好，一切舒适，日子顺心。这惦记是唠叨的、是陈旧的，是在慢慢斟酌后悄悄塞进你口袋的，不如情人一般热烈，却像亲人一样体贴。

尔后，他们两人都未再提及此事，像是一段真空的记忆被人凭空处理了，朋友们彼此心照不宣也当作什么都没发生过。两个人静静地生活，彼此爱护，直到今年八月，两人终于修成正果。他们的关系正式受到法律保护，再也不怕街道办大妈敲窗户了。那些过往会在时间的帮助下慢慢腐烂成空，止于唇齿，两个人也将没羞没臊地互相鄙视着过一生。

挑爱人得像挑钱包，选的时候小心翼翼，拿在手里仔细丈量，太简单的自己看不上，太浮夸的怕被贼盯上，就选拿在手里最舒服的那一个，放得进口袋也装得了背包，里面夹得了全家的照片也放着全家的保障。即使日子久了，洗裤子时忘在里面也没事，彼此摊开了心扉，把那些潮湿拿出来晒晒阳光就好，细心地数着人民币和银行卡，看着全家福，大把赚大把花，大把摩擦也大把幸福，再不马虎也不辜负。

欣哥是好男人，他是杜汶泽，也是陈小春。他一开始就不是你理想的王子型，但却是那种一开始你就不用再去期盼他回头是岸的好男人。他会在披荆斩棘的前行中拉家带口，擦汗抹泪，俯仰无愧。

姑娘们要明白，你未来的真命天子也许不高、不富也不帅，但是这并不妨碍他用生命的一切去供养你，用自己的胃、肝和肾为你换房子换车，换有保障的生活。

有一次，欣嫂无意中看见欣哥的新年愿望清单，潦潦草草四行字写道："饭菜做好锅里有，老婆裸着家里走。决赛电视正转播，桌上毛豆冰啤酒。"

欣嫂忍俊不禁却也泪眼蒙眬。

故事最后即使柯南没有娶小兰，宜静也没有嫁给大雄，那也不是现实，只是你早已不在梦中。过日子嘛，总得踏实点，日子久了你就会发现身边的这个男人最帅，能一心一意站直了扛起责任，心里也有对未来的计划。他不做屌丝，也不做男神，就做了个耐着性子过日子的普通男人。

最近某次男人帮聚会，欣哥激动地和我说他们公司办了两张工资卡，一张打基本工资，一张打项目提成。言及此处，欣哥居然声泪俱下。我说："欣哥，你哭什么呢？这事儿有什么可激动的？"

欣哥低声回道："你没结婚你不懂。"

你说男人和钱较了一辈子劲，什么时候才算真正地有钱呢？

/ 刘墨文

# 生命曾经灿放如花

♥♡

## Chapter 03

也许他们俩曾在医院里痛哭过，但我相信，握着彼此的手的他们应该也是幸福的。人生的苦如果有一个人陪着承受，应该会溢出一丝丝的甜蜜来吧。

听到宋公子去世的消息时，我没有表现出惊讶和难过，只是匆匆挂掉了言青的电话。人越老就越不愿意轻易显露出悲伤，更多的时候会挂着一个嘴角下垂的平静表情，好似什么都没有发生过一般，可我终究骗不了自己。

我匆匆请了假，走出了公司。

深圳这个城市，如南方雨季迅速堆积起来的阴云一般，堆积起一幢又一幢新楼。我上了公交，像刚来深圳时那样漫无目的地前行着。人越长大，就会认识越多的人，就会有越多的过去被压在肩上，走路都会开始小心谨慎起来。

认识宋公子时，我还没有来深圳，在那个北方的小城组织了一个电影爱好者的小型团伙，我和言青随意地起了一个"影舞者"的名字，想借着黑泽明的势头聚一伙真正爱电影的小伙伴。

言青当时开了一个叫"青吧"的小咖啡厅，我们便把那里当成根据地，每周在那里放两场老电影。那时网络还没有那么普及，我们俩便手画了几十张宣传页，把它们和那些"淋病""梅毒"的小广告一起贴在咖啡厅附近的电线杆上。

言青说，宋公子来的时候是一个阴云密布的下午，戴着一副金丝边眼镜，长相白净且斯文的他，却风风火火地闯进来，手里扬着不知道从哪根电线杆上撕下来的我们的宣传页，大声说："我要加入。"

他是我们"影舞者"招募的第一个团员。团员的责任只有一个，那就是每一次放映时都必须到场，但他俨然负起了更多的责任，满满的主人翁意识，几乎变成了言青店里的免费劳力，甚至到后来，比我去得还要频繁。

宋公子原名宋公倾。言青从第一次听他自我介绍的时候就给自动改了，改了之后他也没有异议，于是就一直沿用了下去。乃至后来，我们几乎忘记了他本来的名字。

在我眼里宋公子其实是不善言辞的，甚至我在第一次和他说话时，他竟然还脸红了。整个聊天过程很不愉快，我问一句他答一句，像是在进行坦白从宽抗拒从严的审问，后来我便没了兴致，转头开始和言青说我最近看过的希区柯克的《后窗》很棒，准备在"影舞者"活动的时候放。可没想到却无意间打开了他的话匣子。

他总是滔滔不绝地聊着电影，时不时停住，捂住嘴说："不能再说了，再说就剧透了。"可其实每到那时，他已经基本把电影剧透得七七八八了。

我和言青开始慢慢习惯了宋公子的存在。每次去言青的咖啡店，都可以看到他，甚至有时我和言青在咖啡厅的小桌边上聊天时，他就忙前忙后地帮我们倒水顾店，仿佛他才是这家咖啡厅的老板，而我和言青是这里的客人。

在我们相识第二个月时，宋公子突然失踪了。言青给我打电话时满是怨愤，我连忙劝慰，毕竟咖啡厅里，一段时间常来，然后突然又消失很长时间的客人也不在少数，甚至消失之后就再也没有出现的也有。劝慰之余，我也有些失落，毕竟大家那么投缘，虽然他时常剧透可恶至极，可是他推荐的电影都很有水准。作为朋友他确实很有趣，生活在城市里，这样的朋友毕竟不多。

他的失踪持续了两周，便又出现了。

那个下午有些闷热，我和言青正双双坐在吧台，偷奸耍滑地下着围棋，时不时多落一子，又时不时偷走一颗，两人都睁一只眼闭一只眼，因为双方都懒得去纠正对方，反正输赢都无所谓，也就一杯酒的事儿。

这时，进来了一个人，穿一件深灰色的登山衣，头发凌乱，胡子像好几天都没有刮，人显得脏兮兮的。他把很大的登山包往地板上一扔，冲我们傻乐。

待认出来人，我没坐稳差点儿从椅子上跌下来——这个满身风尘的人竟然是宋公子。而言青的表达方式就比我精彩多了：她一把扔掉手里的白子儿从吧台里冲了出去；可走到一半又停住了，收起脸上的急切，狠狠地盯着宋公子；一时间又好似意识到了什么，洋溢出一脸礼貌式的微笑，说："进来坐吧！"转身又回了吧台，倒了杯水放在吧台上。

通过她的动作我都能解读出她的心理变化来：他终于来了太好了——说来就来，说走就走太过分了——他也不过是个客人没必要和我解释什么。

"你这是到哪里溜达了一圈啊？"我略带调侃地问着。

"我参加了一个沙漠的徒步活动，刚回来，一回来就来看你们了。"他笑着回答，被晒得黑如锆石的脸衬得牙齿特别白。

"我走得比较急，所以没来得及告诉你们。沙漠里手机也没有信号，错过了几次活动，你们不会把我开除'出影舞者'吧？"

我刚想说："怎么会呢？"可"怎"字还没出口，就听言青嚷嚷道："自然是开除的，必须开除！"语气严肃，完全听不出半点儿开玩笑的意思。

宋公子愣了一下，看向我，我摊了摊手，做事不关己状。

"那我再申请加入一次嘛，不要那么小气嘛！"宋公子双手合十对着吧台内脸和他一样黑的佛拜了拜。

言青喜怒一向形于色，这回也绷不住地笑了起来。

宋公子嘿嘿一笑，便提起行李说："给你们报完到我该回家报到了。家里那只说是出差，这电话都打不通，怕是要贴寻人启事了。"

我不由有点儿愣怔，我还以为他只是说说，原来真的是第一时间到店里来报到了啊。

日子又恢复了之前的样子。只是宋公子自从上次之后，貌似被设了门禁，以前可以和我们一起玩到十一点多才回去的他，九点半一到就要立刻往家跑，说是如果再不回去以后他老妈都不让他出来玩儿了。

一个二十好几的人还演这出乖宝宝的戏码让我和言青都有点儿大跌眼镜。但看他风雨无阻、隔三岔五地来报到，我们也没忍心笑话他。

那段时间有个同事对我很好，经常接我上下班，很是殷勤，在言青的怂恿之下，我没有在第一时间拒绝他。虽然我很清楚这个"孙二娘"肯定是想在我同事身上多揩点油水，再让他知难而退。

那个同事叫许良。我看着咖啡厅日渐不景气的生意，出于对咖啡店做点贡献的私念，我就只拒绝了他再接我上下班，却没有拒绝让他三不五时和我一起来泡"青吧"。

许良第一次来的时候，看到忙里忙外的宋公子，叫了声老板，宋公子在帮忙擦吧台，言青走上前去。许良点了扎啤，坐在一边喝着，我在吧台选了个碟放上，倒了两杯水走出来，许良不顾左右地大声问："夫妻俩一起经营这家店，应该也不会太辛苦吧。"

我看到言青背对着我们在吧台摆盘，宋公子在吧台里面对着我们没有抬头，手上的动作却明显地僵了僵。

我疑惑不已。宋公子这三不五时地来言青这里报到，说他不喜欢言青连鬼都不会信。可是这样的状态眼看已经小半年了，这两人竟然还是那个朋友以上恋人未满的状态，我都有些为他们着急。

许良一句话让场面安静下来，不由伸了伸舌头看向我。我看着他们俩故作忙碌的样子，不由回他说："他们俩未来会不会是夫妻我们不知道，可是要一直这样男的不主动，女的很害羞的话，我看是悬得很。"

许良是一个直白又坦率的人，说白了就是粗人一个，这时算是找了个理由表现自己了："哥们儿你应该学学我，见到王××第一面，我就知道自己喜欢她了，不出一个星期，我就表白了。她拒绝我，我还是追。男人就该脸皮厚，不怕揍，一定要在这个时候拿出主人翁意识来。有哲人说你表白了你才会知道对方喜不喜欢你，你要是不表白，你连知道答案的机会都没有。哥们儿，你说对不对。"

"许良，你不说话没人把你当哑巴。"我把桌面上的扎啤杯往他面前挪挪，无奈地说。

可是没想到宋公子从吧台走了出来，手里拿了包对言青说："我还有事，我先走了。"然后连看都不看我们一眼，就走出门去。

许良彻底蒙了，我也怔在了那里，一时不知道是怎么个情况。看向言青，言青什么也没说，继续装忙。

我打发许良先走，边喝水边盯着那个把地板擦了又擦，默不作声的"大忙人"。

"木地板要让你这么擦下去，可能过几天就站不了人了。"

言青停下了手，把拖把随手一扔，我连忙过去帮着收拾起来。

"我今天对他表白了，他没有拒绝也没有答应，可刚才那个样子，明显就是拒绝了。"

我惊讶地盯着言青，宋公子今天的表现确实惊人，可我没想到还有这样的背景故事。

我和言青相识多年，只听她说有一个暗恋多年的校友，同校四年只言片语都不曾透露，而今竟然主动表白，这着实让我惊讶。

"看不出来，胆量见长，不过你做得对，我支持你。"我调了杯"莫吉托"推到她面前说。

"这次我只是肯定他喜欢我，他若不喜欢我的话，他怎么会每天都来，做店里的免费劳力？若是朋友，他早都越界了吧。"言青喝了一口酒，皱着眉头说。

"也许是他还没准备好呢。"我小心翼翼地说。

"现在也不用准备了。他这一走，估计以后连朋友都没得做了。"她一口把杯子里的酒都灌了下去。

"我那么好的调酒，可不是让你用来牛饮的，少说你也品品味儿不是。"我讪讪地说，知道她心情不好，我故意调了很淡的"莫吉托"，比起她等下生气了喝纯酒，这种调酒应该能好一些。

"少废话，关店，一起喝。今天就睡店里。我要喝B52，才不要这么淡的，不要以为就你会调酒。"

我不由扶额，看来明天店门口又要贴出"老板娘喝大了，今天休息"的告示牌了。

那晚，言青喝下一杯便大骂一声宋公子，一副豪爽到忘却前愁的样子，可喝到第十二杯时，突然就哭了起来："他明明是喜欢我的呀！"

言青喝多从来没哭过，那晚是第一次。我一时怔了怔，尽管听她说她对宋公子表白了，可我仍没有想到，言青竟然已经这么喜欢他了。

我一周去言青的酒吧三次：周二言青休息的时候我会去顾一晚的店，"影舞者"活动的时候去一次，周六时人多的时候我会帮她一天忙。那晚之后，我每天都去，而之前每天都会出现的宋公子，却一直都没有出现。

有一天，我去医院看一个朋友，没有想到，在医院的门口遇到了他。他看到了我，犹豫了一下，还是向我走过来。

"好久不见。"他有些拘谨地说。

"怎么？拒绝了言青就不再出现了？"我不无责怪地说道。要是不喜欢干吗要来招惹人家！现在人家芳心暗许了，又弃之不顾，实在是渣男中的典范。

宋公子自然没有听到我的腹诽，但也察觉到我言语里的责怪之意。

"最近有些忙，过段时间可能会去。"

"那你还是免了。我好不容易让那一池水平静下来，你最好少来把她搅浑。"我气呼呼地转身向医院里走。

我听到身后追来的脚步声，不管不顾继续大步向前，直到他拉住了我的胳膊。

"发生什么事了吗？是言青出事了吗？你为什么会在医院，她怎么了？"我没想到我的气话和往医院里走的举动，竟然让他有这样的猜疑，我不由决定狠狠耍他一耍。

"还不是因为你，她天天喝酒，喝到胃出血住院了，刚刚出院，我现在来帮她拿药。不过你不要装好心、假仁慈了，不喜欢就不要再来招惹她，关心也免了。她身边有我照顾，不用你担心。你最好还是保持你的隐身状态吧。过几天我介绍几个美男给她，她很快就能把你忘了。"说着便不再管他往前走去。

本想着他会追上来再问我一些言青的情况，可身后却迟迟没见响动。我一直强忍着好奇走进门诊楼，才躲到暗处向楼外看去。

他仍然站在那里，好似在做一个很大的决定，可最终他看了一眼手上拿着的文件样的东西叹了一口气，转身离开了。

这让我实在有些摸不着头脑，看刚刚他那紧张的样子，并不像对言青无动于衷，可最后那下定决心的转身又是什么个意思啊？

我顾不得探病时间将近的现实，连忙给言青打电话，汇报了刚刚的情形。

言青听完我的描述，问的竟是："他在医院是因为生病了吗？"我不由扶额,这两个虽然已经不联系了,可论关心,看来谁也不比谁少。

"这个我不清楚，但是刚刚他手里拿的东西，好像确实挺像病历的。"言青那边不讲话了，我也挂了电话去看朋友。

出了医院，我立刻奔言青的酒吧去了。

自上次醉酒已经过去两个月了，言青其实并没有醉几天，只是那周她给自己放了三天的假，门口一直都挂着"老板娘喝大了，今天休息"的牌子。等再开店她便恢复如初，正常营业，虽然脸上时见忧色，也不像以前那样经常与客人搭讪聊天，但起码也算恢复正常了。

店里有两桌客人，言青正在煮咖啡，香气扑鼻。

我连忙吆喝着："好香、好香，我也要一杯。"

言青瞥了我一眼，没有理我，给客人上完咖啡，只给了我很小的一杯。我不由撇嘴："唉！自从心里有了他，我的待遇每况愈下啊。"

"你胃不好，喝这点差不多了。别找事儿啊！"言青笑着警告我。

"他来了吗？"我小心地问。

"谁？"她挑挑眉。

"和我装是吧？"我瞪她。

"他来干什么，不来更好。"她在吧台里摆着杯子恨恨地说。

"不应该啊，看他那担心得快死掉的样子，今天的剧情本应该是放心不下，跑来看你的。"

"王××你够了啊，是想我在你的咖啡里下点毒吗？"

"呃，呵呵，那还是免了，我喝咖啡就好。"

言青刻意回避关于宋公子的话题，我也没有办法再扯下去。可作为旁观者的我都已经纠结如此，当事人的他们怎么就不纠结不着急呢？我扯着头发，盯着言青做欲言又止状。

"好吧，允许你多说一句。"

我如蒙大赦连忙发问："我都急成这样了，你不着急吗？你真的不知道他到底是怎么回事吗？"

"如果喜欢，他自然会再出现；如果不喜欢，就不想再牵扯了，那样最好不要再见，免得你这样的旁观者纠结得把头发都扯秃了，到时候嫁不出去还得赖在我的咖啡厅，让我养你。"看言青还有逗我的力气，应该是没有太伤心了。

"你不想我打个电话认真地问问他吗？"

"算了吧，如果他连重新走回我面前的勇气都没有，那根本就没有继续下去的意义嘛，而且他已经拒绝我一次了，我也不想再把事情弄得更复杂。我想要的爱情，就是两情相悦，不计后果，快乐地在一起就好。如果不情不愿左顾右盼，那不如就不开始，现在没有开始，我很开心。"她很笃定地说着。

看来这么长时间以来，她虽然没有表现出太过痛苦的样子，却也想了很多，还是不要再提的好。我连忙把话题转移开了。

再见到宋公子，已经是半年之后的冬天了。那天下着大雪，我和同事一起去滑雪场玩儿，我滑得很烂，像是到了摔跤场，一跤一跤摔得好不热闹。

"王××？"

我正从第 N 次的摔跤动作里爬起来时，听到身后有人叫我的名字。

我转头认了老半天，才认出他来。他瘦得皮包骨头，脸庞整个凹陷下去，眼睛在那瘦骨嶙峋的脸上显得特别大。幸好有那副金丝边眼镜，不然一定会让人误以为 ET 再临。

"宋公子？你这是什么情况，半年不见瘦成了这个鬼样子？"

我原本对他说话就很没谱儿，乱开玩笑，虽然半年不见，但并没有什么陌生感。

"有空聊聊吗？"他笑着看向我，手里的滑雪杆撑在地上有点儿颤巍巍的感觉。

"嗯，等我把这万恶的摔跤之源卸了。"

我们在滑雪场旁边的咖啡厅里坐下，我皱着眉头看着他。这半年来言青虽然也改变了很多，感觉好像长大了好多似的，可也没有像面前这位这样形容枯槁。

我握着手里的热可可暖着手："现在你可以告诉我你这是怎么了吗？"

"我做了一个大手术，在心脏里搭了个桥。"

他像是在说一件很小的与己无关的事情一般轻松，可我已经惊得下巴都快掉下来了。

"这就是你半年前拒绝言青的原因吗？"

他微微点了点头。

"其实我很早以前就见过她了。那时候她们学校和我们学校联谊，她是主持人，声音清脆人又漂亮。想不注意她都难。所以之前看到你们贴出去的广告，我就知道是她了。我那时是一时好奇也没有多想，只是觉得能认识这么快乐又美好的人，就算到此为止也值得了。"

"到此为止？"

"因为我有先天性心脏病，确实不敢拖累别人的。"他叹了口气停了停。

"言青如果知道的话一定不会在意的。"我很小声地说。

"正因为我知道她不会在意，我才更不能拖累她。她太好了，我又怎么能这么亏心。"他看向窗外，雪地刺眼的光线让他显得越发苍白。

"她过得好吗？"他转头看向我问道。

"应该算好吧。虽然没有之前那么开朗了，但也算正常，之前说喝酒胃出血什么的，是我自作主张骗你的。"我扯着手套上的毛球说。

"我知道的，毕竟医院就像我的第二个家一样，要查住院记录什么的，还不算什么难事。而且后来我还去酒吧看过她。"

"你去过？"我有些惊讶地看向他。

"没有进去，只是在门外远远地看了看。"

我点了点头："那你打算怎么办？会去找她吗？"

"不了吧，今天见你，实在是只想知道她过得好不好，并不想让她知道实情。"

"这样对她公平吗？对于一个喜欢你的人，知道真相还是有必要的吧，至于最终是她受伤还是你受伤，这就要看她的选择了。除非是你觉得你的心脏太弱，承受不了她的拒绝。而且你现在不是痊愈了吗？你们还有机会的啊。"我嘴上虽然这么说着，心里却也在思量对于言青告诉她是不是最好的选择。但有一点我很清楚，如果这事就这么瞒了她，她若知道了，一定会恨死我的。

"心脏搭桥手术是比较不靠谱儿的，谁知道会不会有第二次第三次，我就算不死也是一辈子的病人，她应该嫁比我更好的人。"他低着头转着手里的马克杯。

我一时无言，空气像是凝固了一般让人窒息。

"你告诉我，我就一定会告诉她的，这事儿我不应该替她做主。

但我猜，她会找你。也许你们真的应该再见一面，就算做回朋友，也好过现在这样。"

"我不敢，在她表白之前，或许我还可以假装她不喜欢我般地和她做朋友，但一切点破了，就必须要做一个选择，不是和，就必须分，没有中间的缓冲地带给我们。我若再出现的话，就真的太过分了。对她才是真正的不公平。"

"唉！你看人家谈个恋爱和和分分的多轻松自在，你们非得搞得和韩剧一样，明明是个心脏病人，还一定要左思右想，让自己这么百转千回。你们不累，我都替你们累。"我说着眼眶不由一湿，言青如果知道这件事，一定会哭的吧。她宁愿他真的不喜欢她，也不愿意宋公子有事，就像上次我在医院时打给她的电话那样，她第一句问的是他的身体。这样的她，怎么可能不哭。

"你心脏病还能去沙漠徒步，你还跑来滑雪？"我突然转移了话题问道。

"我只是不想那样安全地活着。我家庭条件不错，从小到大一直都被保护得很好。认识了你们后，我突然意识到，对于我来说，活得太平庸比活不长更可悲。如果能像你和言青那样肆意洒脱地活着，就算很早就挂了，我也不会有太多遗憾了。所以我就去参加徒步了，如果死在沙漠里的话，那也证明我曾那么勇敢地活过。"

"那这也太冒险了。人生有好多种肆意的方法，你非得选择这么直接的吗？"

"主要是我没有那么多的时间去做人生的逆行者了。其实我倒是很想离开这个城市去更大的天地闯一闯，可我的硬件条件确实做不了这个主。只能突破一下自己，徒徒步，滑滑雪。"他无奈地笑了笑。

"想当初我和言青拿出自己全部的资产，又东借西挪地开了'青吧'，言青则是放弃了家里给自己介绍的工作，全身心管店。言青在开店的前一天说的话和你所说的如出一辙，她说：'我家父母就我这一个女儿，虽然我很想去大城市里闯一闯，可又怎么能扔下他们呢？我只能用自己有限的力量活出最喜欢的那个自己了。'我们开店时的口号是'玩乐第一，赚钱第二'。真是物以类聚，人以群分。"我笑了笑，嘴角有些僵硬。

"虽然我不知道她最后会做什么样的决定，但如果我是她，就算喜欢的人最终会死去，我也希望他死去之前的日子能有我的陪伴。这样，两个人的人生就都没有遗憾了。"

"那是害了她。"

"你该把选择权交到她的手里。"

"这样对她不公平。"

"那瞒着她，让她觉得你根本就没有喜欢过她就公平了吗？"
我皱着眉头说。

"你想啊，如果我只有匆匆几年就挂了，也还好，她还年轻还有
很多可能。可如果我还能活个十几二十年呢？她要怎么办？"

"如果你好好对她，这些时间又算得了什么呢？谁能保证一段
爱情能坚持十年二十年？就算她嫁个平常人，那人可能长命能活过
十年二十年，但能保证对她不离不弃吗？就像你去徒步和滑雪一样，
爱情本身也是一场冒险啊，未来是什么样子谁都无法确定，就算你
是健康的人，你们在一起了，你们就能保证可以相伴一生吗？你们
不能，也没有人能。何必要这么为难自己，何必要给自己的人生留
下这样的遗憾呢？"

"这件事还是先放一边吧，你先别告诉她，我再考虑一下，到
时候我会自己去找她。"他犹豫了很久之后说。

那天之后，我都不敢去见言青，因为我们俩之间从来都没有秘
密，谁有点儿屁大的小事儿，也要知会对方一声。这次对于瞒下她
这么一大桩秘密，我是一点儿信心都没有的，所以干脆就不见，我
连着一周都没有去店里。言青打电话来，我都说我在忙，挂了电话
就愧疚不已，搞得自己像个负心汉似的，特别不爽。

一周之后我实在有些忍不了了，便打电话给宋公子。

没想到电话一接通他便说："我在她店门口，准备进门。"

我连忙收了线，做不知情状。可又觉得很不放心，纠结了一番，还是往她店里去了。

宋公子应该已经回去了，店里没有几桌人，言青在吧台里煮咖啡，表情平静。

我看不出所以然，怔怔地盯着她。

"你舍得来见我了？"她挑挑眉，看向我。

"忙完了就来瞧瞧你呗，免得某些人太思念我。"我看向别处接着话。

"别装了，装得又不像，他来了都交代了。"她轻描淡写地说。

"真的！怎么样，怎么样？最后什么情况？"我扑过去握住她的手。

"没什么情况，我知道他喜欢我，我一直都知道。"她低头笑着说。

"那现在怎么样嘛。你们决定在一起了吗？"我急切地问着。

"嗯，走一步看一步嘛，就像你说的，谁也不知道未来会是什么样子。"她放了杯牛奶在我面前说。

"唉？怎么是牛奶？咖啡呢？"我笑着嚷嚷道，心里为她乐开了花，她总算是盼来了一个结尾。

"王大小姐，你看看你的黑眼圈，还咖啡呢，再这么下去我明天得去动物园找你了。"她把糖罐往我面前一摆，"不喜欢牛奶的味道可以加糖。"

"我们喝酒吧。你有着落了，我这心里半悲半喜的，可没了着落。"我笑着调侃她。

"你着落多着呢，是你自己不想有罢了。"

我笑着看她。这一周我都没怎么睡好，对他们俩的未来各种担心，可是没想到真正到了这一步，我却真心在为他们高兴。看到言青那消解了忧愁之后的眉头，和那隐含着笑意的嘴角，我甚至觉得就算没有明天，那么今天的他们也值了。

"这样就很好！"我笑着看她。

"嗯！"她笑着说。

他们的恋爱平淡得要命，言青说不准宋公子再参加任何刺激的运动，宋公子则回道，他已经把余下的生命都放在他此生最大的冒险里了，怎么还会去冒险呢？

两人表面平淡，可我知道，他们之间的空气都能掐出蜜来。

宋公子在酒吧的对面租了房子，言青一脸夫唱妇随的认命样，跟着搬了进去。

后来，因为一次在我们城市的展会，我被一家深圳的公司相中。犹豫再三之后，我只身南下，在我的送行"趴"上，宋公子史无前例地喝了酒："我们三个人都想去大城市闯一闯，最终只有你一个人实践了，你就当是带着我和言青的梦一起去那边吧。如果哪一天看够了、累了，我和言青的家就是你的家。"说着一饮而尽。

到了深圳，我和言青依然常常电话，听起来，他们过得很好。

他们结婚时我专门回了家，做了言青的伴娘，看着言青脸颊的泪，我相信那代表着幸福。

而今，他们结婚六年多了。

言青说："他走了。"

我一时竟说不出话来。

不管之前我们说得多么理直气壮，也不管我们有多少大道理能撑起这条爱情的船舶，让它驶向远方，可当它沉没的时候，我们谁也无话可说。当初也许还有更好的选择，但谁又能肯定未来会比现在这个更好呢？

宋公子带着言青的爱情去世了，之前我对他说：用生命去冒一次险的壮志豪情，一时间化成一片烟雨迷蒙了双眼。

这不是我的爱情，却代表着我对爱情全部的理解。我不知道一直陪在他身边的言青是否真的如她所说的"很好"，但我知道那突然空虚的身旁一定让她心痛无比。

"和他一起你后悔吗？"我忍不住问。

"现在这么难过，我真的想说后悔呢，可是如果没有和他在一起的话，我可能会更后悔。"言青有些哽咽地说。

"来深圳吧，散散心。"

"好！"

那个为爱冒险的人远走了，可剩下的人还要继续前行。我还清晰地记得那夜，我走进青吧看到的，那个故作平静煮着咖啡的女孩儿，她自信地说："没什么情况，我知道他喜欢我，我一直都知道。"

她还说："就像你说的，谁也不知道未来会是什么样子。"

她的走一步看一步，一不小心就陪着他走完了生命的全程。而宋公子的一生，也因为他自己的执着和勇敢精彩且华丽，也许他们俩曾在医院里痛哭过，但我相信，握着彼此的手的他们应该也是幸福的。人生的苦如果有一个人陪着承受，应该会溢出一丝丝的甜蜜来吧。

只是现在只剩下言青了。人生的路没有对错，如果让言青再选择一次的话，我相信她还会选择这一条路。可是我呢？如果再让我选择一次的话，我还会鼓励宋公子去找她重修旧好吗？

我看了看那灯火阑珊的背后暗沉的天空，不由得犹豫了。

/ 猫语猫寻

# 温柔的火山

♥♡

Chapter 04

打那以后，他见到沙沙和瘦高女孩儿都绕着走。

显然，丢了面子的方华并不甘心。

为了找回点自尊，他信誓旦旦地说："我和这娘儿们早晚得有一战，等着吧。"


我的发小儿方华，在老家的相亲界口碑极差，究其原因是他对待相亲的态度非常不认真。作为家中长子，年过二十八的华子还是没有恋人。华妈盘算着手边的关系，走马灯般安排着儿子相亲。方华本身不愿意去，奈何母命难违，便打着为了结婚而谈恋爱的幌子前去相亲。

方华的第一个相亲对象是表姐的同事，姑娘一米八的个头儿，体形比他整整大了一圈。两个人约会吃完饭后出去遛弯儿，沿着江边一直走，走着走着姑娘就往方华的身上蹭，差点儿把他挤到江里去。眼看着要掉河里了，方华索性往她那边一挤，直接扎到了姑娘怀里。

姑娘一下把方华搂进怀里说"我就知道你也有意思……"然后把他整个人抱了起来。方华死命挣扎，方才保住贞洁。

方华第二个相亲对象是母亲同学的女儿。两人见面静坐了一个小时，一共说了不超过十句话。方华问姑娘是做什么职业的，女孩说是医院催孕的。方华好奇，催孕是干什么的？姑娘声情并茂地说就是生孩子的时候在孕妇旁边喊，嘿，加油，嘿，出来了，嘿，头发不少，嘿，卡住了……

方华强忍住不笑，回家后决定，自此以后家里安排的相亲照去，但只是逢场作戏，一概不认真对待，全当增长社会经验。久而久之就在相亲界留下了骂名，后来在家乡父老的圈子里愿意和他相亲的姑娘越来越少。方华反倒为此庆幸，有钱难买自己清静。

经过了很长一段时间的低潮以后，在母后的精心安排下，方华再一次被翻了牌子。

相亲地点安排在他妈单位后面的一个小茶楼里。他早到了一会儿，一个人点了一壶茶呆呆地坐着。没多久，一个高个儿姑娘风尘仆仆地走来，骨子里带着一股飒爽劲儿，让方华看了就想歇菜。等走近了仔细一看，这不是高中的那个泼妇吗？记忆一下子倒退了十年，回到了高中报到的那一天。

所有新生都在各班的大名单上找认识的同学和朋友，突然就有一个名字闪现在方华的面前。

高一（3）班，沙芳华。沙（杀）方华？

方华如临大敌般惶恐起来，开学没几天，他就带着同班的几个哥们儿跑到了三班，想会会这个叫沙芳华的同学。到门口叫了人，出来的是一个娇小可人的眼镜姑娘，瓶底镜片下带着警戒的目光，询问着方华他们的来意。

还没等人家姑娘开口，方华试探着问："你就是沙芳华？"

小姑娘怯懦地点点头。

方华长舒了一口气，抖擞抖擞精神轻蔑地说："哎，真是太失望了。哦，我就是方华，你要想什么时候动手杀我，提前告诉我一声。不是说芳华绝代吗，您这造型真是绝了后代。"

一群男生在走廊里跟着起哄，小姑娘憋红了脸委屈地跑回了自己的座位。方华带着自己的兄弟连大摇大摆地满意而归。

哪知道这事根本不算完，第二节课下课后，一个瘦高女孩儿在五班门口嚣张地喊着"谁叫方华，给我滚出来！"方华从教室后排磕磕绊绊地走出来，瘦高女孩儿以同样轻蔑的方式打量了一遍方华，说："我以为什么人才呢，就你这五官规划也好意思说别人！看你长得那个心虚样，投胎的时候逃票了吧。以后别没事给自己找事，离我们沙沙远点。"

说完话，瘦高女孩儿带着小姑娘大摇大摆地走了，只剩下目瞪口呆的方华和全班同学的爆笑。

打那以后，他见到沙沙和瘦高女孩儿都绕着走。显然，丢了面子的方华并不甘心。为了找回点自尊，他信誓旦旦地说："我和这娘儿们，早晚得有一战，等着吧。"

时光如水，岁月如歌。白驹过隙，小马过河。

方华做噩梦也没想到当初的仇人变成了如今的佳人。姑娘没有认出方华来，彬彬有礼地打招呼坐下，大方含蓄，不带一点儿泼气。方华暗自感叹，果然岁月只杀猪啊，想不到当初那等泼妇也能驯化得如此文静。苍天有眼，佛祖不易啊。

姑娘见方华面熟，她时而皱眉，时而恍惚，想要辨认，却不能确认，羞涩而唐突地问之前是不是在哪儿见过？方华一看藏不住了，只好摊牌说我就是高中那个投胎逃票的。

姑娘屏气凝神瞪大了双眼，怒拍桌角："造化，孽缘。怎么是你？"

方华一口水喷了出去，打哈哈掩饰着尴尬说："这么多年过去了，你还真是一点儿没变啊。"

姑娘一看这也甭装了，两个人直接要了一打啤酒，加了几个菜，开始忆往昔峥嵘岁月，高中哪班的谁追过谁，谁最后和谁结了婚，谁进去了，谁刚出来。几瓶酒下肚，愣是从话不投机的"仇人"，变成了推心置腹的"哥们儿"。

姑娘名叫美琴，小时候，她妈希望把她培养成音乐家，起了这么个好名字。这姑娘真长了一双修长的手指，也学过几年钢琴和唱歌，奈何性子急，坐不住板凳，最后也没有坚持下来。因为从小到大就脾气火暴，威名远扬，在嘉河小区提她关美琴，无人不知无人不晓。姑娘热心肠，喜欢管闲事，一直是大姐大作风，脚跨三界，太妹中的一品学霸，当年以几分之差落榜于同济大学，心灰意冷随便念了个二本。毕业后就回了老家，在机关单位谋了个职。

两个人熟悉了以后有事没事经常在一起喝酒闲扯，坐在烧烤摊儿前，你一口肉串他一口腰子。因为都知道跟对方不可能，互相没兴趣，那就谁也不怕喝多。两个同是天涯沦落人的苦命光棍儿，依靠对方的存在，敷衍着家里，顺便打发寂寞，这可真是再好不过了。

某天晚上，外面下着蒙蒙细雨，方华望着车窗外出了神。他想着天想着地，想就着景喝点酒，于是就打电话给美琴。电话那头接起来便是哭声，方华从不曾想象过美琴也会哭，他仓促间安抚着她，询问了所在便驱车前往。

风一样地赶到了公安局，方华看见美琴正坐在人来人往的走廊长凳上有节奏地抽泣着。他不敢多问，也不敢多说，只能静静地坐在她旁边，等着她把难过一点点抽回去，再把故事一点点流出来。

美琴有个从小一起长大的闺密，两个人格外亲，有什么事对方都知道，遇见抉择都要互相询问建议，再做决定。当初，闺密看上了一个八五男，八五年生人，身高一米八五，体重八十五公斤。巧合的数字加上呆萌的娃娃脸，八五男看上去就像是一个吉祥物。

闺密不好意思表白，美琴就出马在八五男面前说闺密优点多么多、人品多么好，哪知道八五男全然不懂美琴的意思。最后，美琴憋不住脾气直接把姑娘的本意说了出来，拽着八五男的衣领子说你可不能薄待了她。

就这样，强买强卖做成了媒婆的第一笔买卖。几年相处下来，眼看着闺密和八五男都到了谈婚论嫁的地步，哪知道半路杀出个狐媚的小三儿，勾得八五男神魂颠倒两头跑。闺密找美琴哭诉，气得美琴卷发都直了，拍桌子叫下回他要是再找那女的，你就告诉我！

方华找美琴那天，正好八五男和小三儿出去幽会。闺密给美琴打电话，说发现八五男开车出去了，八成是又找小三儿去了。

她在车里安了定位，一会儿她们各自杀到，要当场生擒狐狸精和陈世美。

事发地点是一个酒店大堂，陈世美和狐狸精刚交上去身份证办理入住手续。关美琴一把拽住八五男的脖领子，"啪啪"两个嘴巴，接着劈头盖脸一通骂。

小狐狸精一把拽开美琴的手嚷道你凭什么打我老公？

美琴气得都笑了："你老公？你问问他是谁老公？今天我就让你长长记性。"

两个女人不由分说地扭打在了一起，八五男想拉又拉不开。大堂里围了一圈人看热闹，保安被围在外围无从下手，前台无奈只能报了警。

明明是痛打负心人、暴揍狐狸精的痛快事，却不承想这驰骋沙场风风火火的女侠，如今却哭得这等伤心，甚至比当事人的女主还要伤心。

离开公安局后，两人在大兴路的酒吧安静地喝掉了十几瓶啤酒。美琴一直喝，时不时哭一会儿，方华只能陪着她一杯一口地干，却不敢问任何缘由。

俗话说冤家路窄，八五男离开公安局后也愤愤不平地想找地方消气，同样来到了这家大兴路最火的茶座酒吧，就坐在离他们几米远的地方，安静地听酒吧歌手唱歌。

美琴看见八五男之后恍惚了一下，然后摇摇晃晃地离开了座位。方华想拦住她，让她别犯傻，没想到她却朝着酒吧舞台的位置走过去，和 DJ 说了句话，便上台抢了歌手的麦克，用颤抖的声音唱了一首孙燕姿的《天黑黑》。

她边唱边哭，泪水和汗水混到一起，反射着舞台的灯光。一丝丝醉人的呼吸声透过麦克放大到整个酒吧，八五男在角落里呆呆地看着她。

唱到一半的时候酒劲上来了，美琴站在舞台上开始摇晃。八五男起身，方华先他一步上了台，一下子把美琴揽在怀里，抱出酒吧，一路扶她回家，一路听她哭诉。方华才明白原来她不是在为闺密难过，她是为自己。

其实美琴当初也是喜欢八五男的，只是在友情和爱情之间，她为了友情而放弃了爱情。就好像兄弟之间义气的推让一样，她洒脱地把自己的心爱之人推给了闺密，她希望这份爱情可以圆满，她希望自己的退出，可以留给他们完整的幸福。更何况是她撮合的这段"好事"，所以她不能接受这场爱情有任何差错，她挥出的每一拳，打在了他的脸上，也打在自己心上。她不仅是帮朋友打抱不平，更是帮自己心中那个爱着的、构想的好男人打抱不平。

而更让她难过的是，在她坐在警车里等着被带走的间隙里，她看见闺密就躲在酒店围墙的后面，偷偷地瞄着他们，脸上惊恐几分、得意几分。闺密哪知此时的美琴也正注视着她，注视着自己愚蠢的谦让和付出，换来的竟是"双料"的大号背叛。

后来，八五男来找过美琴，向她道歉，说辜负了她的好意，她想怎么打，他都不会还手。美琴拍拍手笑了一会儿说："是你，辜负了你自己。"

酒吧那场大醉以后，美琴像变了一个人，袅袅婷婷走路，细声细语聊天。甚至还和方华说，想培养气质，要去学十字绣。方华脑补了一下蔡康永主持《今日说法》、赵忠祥当家《康熙来了》的画面，摆了摆手问她怎么会有这种念头。

美琴说，醉酒的那天晚上，她做了一个梦，梦里上帝大爷在她身上抽走了一样东西，大爷说那是她的护命甲胄。在此之前，她可以天不怕地不怕，没人伤得了她；但是在此之后，她需要小心翼翼地生活，老老实实工作。美琴问大爷，你啥时候把这宝甲还给我，大爷说等着水到渠成，自然还给你。

美琴刚要张嘴问是哪儿的水哪儿的渠，就自然醒了。她想睡个回笼觉再去问上帝大爷，又一次回到梦里，前面迷雾一片，她一个人跑啊跑啊，一直跑到醒，没见到大爷，倒是瘦了一圈。

自此以后，她不再飞扬跋扈，就像刚刚，她也是悄声细语地和方华说着上帝大爷的梦。

美琴说她明白，上帝大爷只是要她多爱爱自己，别再那么糊里糊涂地莽撞度日了。

有一次，方华出去应酬，被客户堵在了酒店出不来，喝到最后出去吐，稀里糊涂地给美琴打电话，说了一堆乱七八糟的肺腑。美琴放下手机顺势杀到酒店，想把他扶走，哪知道客户看见方华搬来救兵，还是不肯放人走。美琴只好一杯又一杯地帮着他挡酒，把所有客户都喝倒了以后，擦擦嘴扶起方华往外走。

如果届时上天再下一点儿小雨，微风也能吹起他们纷乱的发，那么画面可能会有那么一点点相濡以沫的效果。但事实却是方华在美琴扶着他回去的路上逐渐酒醒了，而美琴的酒劲却又上来了，于是他们两个人又更换了位置沿着马路边的花坛一边走，一边吐。

吐完了，两个人坐在花坛边休息。方华突然开口说："以后别打架，也别喝酒，即使是替我挡酒，我不要你为我这样做。"

美琴笑笑说："是你让我来的，你这么说是想和我撇清关系？哦，对，我们之间本来也没什么关系，呵呵。"

方华转过脸，盯着美琴涨红的双腮一字一句肯定地说："看见你硬撑，我心疼。"

美琴忽然觉得眼睛一热，泪水止不住往下掉。她把手紧紧地攥成一个小拳头，一下下往方华身上打，打一下，眼泪掉一颗，一下，一颗。

方华看着美琴挥着拳傻傻地笑，他忽然发现其实她和其他小女人一样，喜欢被人哄、被人宠。她的那些剽悍与坚强全是为了保护自己和朋友的伪装，你看她帮那么多人挡着风寒，其实扒开她嚣张的气焰往里面一看，全是战战兢兢和心虚。

他一把把美琴搂在怀里开始唱那首《天黑黑》："下起雨也要

勇敢前进，我相信一切都会平息，我现在好回家去。"

他们一起唱："下起雨也要勇敢前进，我相信一切都会平息，我现在好回家去。"

那一年元旦，方华看见美琴大口大口地吃着桌前的烤串，孜然蹭得满嘴都是，嘴里填满了就用啤酒往下咽，脸微微上扬，心不在焉地咀嚼着。依然信奉着"与其多心，不如少根筋"的做人道理。

她依然是那个能把一大盘菜炒成一小碟的大咧咧姑娘，是那个能在刷马桶正起劲儿的时候打哈欠的粗犷姑娘，是那个开车保险杠掉了也能拖着走几十米的牛脾气姑娘。

她像一座温柔的火山，表面上平静从容，其实内部岩浆汹涌，在每一次犯二之后捂着嘴到处找地缝，无处宣泄时一拳拳打在方华身上。她变了，她活得比以前有质感，更懂得爱自己了；她没变，她依然勤劳勇敢，也吃喝玩乐，懂得适当矜持，也会偶尔奔放。她背着包一直往前走，无论遇见谁，她都一直做自己的好姑娘。

新年的烟花在天上炸开，方华问美琴："你刚才闭眼许的什么愿望？"

美琴笑笑说：“我没许愿，我是在道谢。”

方华一头雾水，美琴在他身上重重打了一拳，然后在心里悄悄感恩，她谢谢上帝大爷把那副盔甲还给了她。

/ 刘墨文

# 在每一碗我们一起吃过的食物面前，我都想你

Chapter 05

好的感情，就是有这样的魔力。

你不用端，不用装，只要躺成一个大字使劲儿耍赖就好。

幸福、快乐，都是特庸俗的事儿。


1


　　我从没怀疑过割包是个小色坯！嘿，你也觉得是不是，一听名字就让人想歪。不过，他的名字还真是鸡肉割包的割包。擅自加后缀的那位，啧啧啧，害不害臊羞不羞！

　　我一直觉着，臭味相投才是铁血真感情得以维系的关键，就像我和割包，第一次见面的时候就知道彼此都不是啥好东西，简直是一拍即合。至于为什么叫他割包，是因为我曾在某一个晚上带他吃了他人生中的第一个奥尔良鸡肉割包。当时，我不敢相信他以前从来没吃过这个，我更不敢相信他吃割包的样子就像个刚开荤的三代贫农。至于，他带我扫荡了整条街所有便利店里割包这件事，美得我不敢回忆。所以，我就连夜赐了他这个爱称。

2

割包有很多女朋友，有些颜正，有些身材好，至于两者都没有的，对不起我忘了看了。虽然有那么多女友，但他从来不和她们一起吃饭，从来不。他喜欢一个人安安静静地吃，特正经，特像个人。就像《不能结婚的男人》里的阿部宽。

因为割包在很久以前交往过一个姑娘。

"大钱，你知道吗，她可爱吃了，一顿不吃就又蔫又丧惨兮兮，让人忍不住想给她买吃的。"

"大钱，你知道吗，她还喜欢做菜，她做的菜特好吃。"

"大钱，你知道吗，我们在一起那会儿，每天必须是身体和心灵至少有 ·个在饭桌上。"

"不知道，不知道！你手上的割包还吃吗？不吃我吃了。"

他俩认识那天还真是个相当特殊的日子，刮台风。那天的雨下得跟在广场上斗舞的大妈一样癫狂。天上的云啊，清一色得了尿频尿急症，稀里哗啦的，不带休场地下了一天。姑娘在这种风劈雨杀的天气里毅然出门，她就趿着双人字拖，过千水万水，出来买夜宵，独自一人。不过，话说回来，像她这种超过 0.05 吨的体形也没什么好怕的，搁风口一站，必须是岿然不动的架势，那么坚定，那么稳重。她经过路口的时候，正好割包和一妞在那儿推推搡搡的，伞已经被打飞在一边。等她走近，那两人都已经蹲在地上，女生把头埋在臂弯里闷声大哭。也不知道姑娘当时是脑子进水了还是脑子进水了，居然大声唱了句"亲爱滴小妹妹，请你不要不要哭泣"（参照二十世纪九十年代迪斯科女王蔷蔷的金曲《路灯下的小姑娘》），然后割包那傻瓜简直在雨中笑成了嗑多 $N_2O$ 的重症病人。

第二次见面是在姑娘家附近的大学举办的乐队专场音乐会上。割包站在第一排，可劲儿扭，后摇专场都能给扭成朵麻花。那时候他留个九十年代最流行的郭富城式分头，瘦，是那种得了文青通病厌食症的瘦，整个人像是从七八十年代作家回忆青春的小黄书里走出来一样，潮湿至发霉的脏，又脏又性感。当时人姑娘压根儿没认出他来，倒是他，一回头就：

"呀，你不是那天那个亲爱滴小妹妹吗？"

"你才小妹妹！我是你大姐姐！"

3

　　姑娘遇上割包时，只是个普通的暴食症少女。这是个很可怕的病，食物是药亦是毒。吃东西变成了一种软瘾，一种钻入骨髓的痒，一种潜意识层面的自我虐待。因为孤独，她每天要吃好多好多的饭。认完亲的那天晚上，他俩就相约一起去吃烤串儿。"老板，二十串里脊二十串鸡胗十串掌中宝十串大鱿鱼五根台湾烤肠再加七串鸡皮三串秋刀鱼两串大茄子多放辣椒茄子要蒜蓉。"这么一气呵成、豪放无比、挥金如土、目空一切的开场白，一下子就俘获了割包的心。他俩就这么好上了。姑娘不再病态地暴饮暴食，她有了更加重要的事，就是和割包一起做饭一起吃。她不再每天在打破原则获得的短暂快感和接踵而来的负罪感之间反复煎熬。她觉得快乐觉得满足，她不再总是感到饥饿难耐。在这个世界上，如果说还有东西比食物更能慰藉人心，那就是爱。

　　"大钱，你知道吗，和她在一起你从来不会有饿的时候。果盆儿里永远都是满满的葡萄、荔枝、小番茄，好像永远吃不完，永远放在我够得到的地方。冰箱里永远装满巧克力、三明治、酸奶和可乐。大钱，你知道吗，她会每天给我做便当，油焖对虾、栗子炖猪蹄、蒜薹炒蛋、香煎五花肉、白菜狮子头、蜜汁烤翅，摆在便当盒里，花花绿绿，整整齐齐。大钱，你知道吗，下雨天，她会在家里炖汤，锅里冒着绵密的泡泡，咕噜咕噜咕噜咕噜，我的心里也在冒泡。"

那个时候，他们住在一起，姑娘在一家极限运动器材公司上班，每天晚上下班，姑娘都会提一篮子菜回家。新鲜的肋排，剁成方方正正一块块，过水去浮沫，用料酒生抽腌上那么二十分钟，拿热油炒冰糖和香醋，炒得黏答答的时候，排骨入锅，滋啦滋啦，听着就要流口水，然后不停煸炒收汤汁，出锅前记得要把剩下的汤汁浇到排骨上，千万别浪费哦，好吃到不用洗盘子！有时候也做辣子鸡，一大锅的宽油，辣得红艳艳，花椒干椒一起炒，香得入骨，记得要撒一把葱花和芝麻，最后尝一下味道。要是放多了辣椒，姑娘立马跑出去亲割包，把辣过给他，坏得不行。啊，厨房里还有紫砂煲呢，煨着一锅鱼头汤，奶白色的汤汁噗噗噗，热气四溢。村上龙说过好喝的汤是很可怕的。汤是那么温暖，又是那么美味，让人忘了朋友，忘了痛苦，忘了烦恼，一切都忘了，只顾喝着她的汤。好喝的汤确实是很可怕的，割包喝着喝着，就想，如果每天都能喝到就好了，如果可以喝一辈子就好了。生平第一次，他萌生了想娶一个姑娘回家的念头。生平第一次，这个策马红尘的浪子想要泊岸。

4

"大钱，你知道吗，她的头发里藏着春天，每天都蹦蹦吭哧吭哧，像只小鹿。"

"大钱，你知道吗，她一说话，我就忍不住想笑。"

"大钱，你知道吗，和她在一起，我很容易就会想到天长地久。"

割包在说这些话的时候，眼睛亮亮的，像是一口水井。

"那后来呢，是因为吃得太胖而分手了吗？"

"她走了。"

"去了哪里？"

"大钱，你知道吗，她很好看，是那种压秤的美人，有热气。"割包只是笑着说了一句不着边际的话。

那是他们在一起的第二年，姑娘的工作逐渐步入正轨，渐渐忙碌，同时，他们感情稳定。每天吃一个西瓜，看一部电影，走一条路上班和回家，窝在同一张沙发上想着以后你打麻将来我跳广场舞的生活。那个时候的割包不关心政治，不关心穿着，不关心街上姑娘们的大白腿。留着小田切让同款乞丐头，整个人像被系统重装了一样，喜怒哀乐一股脑儿地写在脸上，事无巨细都能无限度让步。割包真的是觉得找到了爱人。对，就是爱人。他记得在他高中的时候，碰到过一个有腿疾的语文老师，谦逊温润，每每提及自己的另一半的时候，永远称之为爱人，而不是其他。当时只觉得是文人的酸楚和腐朽气，但现在割包完全不觉得。他觉得他们好像永远有着相同的固有频率，永远可以共振。割包再也不需要用那些泡妞绝招、谈感情秘籍，只需要散漫地幸福着。好的感情，就是有这样的魔力。你不用端，不用装，只要躺成一个大字使劲儿耍赖就好。幸福、快乐，都是特庸俗的事儿。

我见过姑娘的模样，在割包给我看的照片里。那是他们去台湾旅行的时候。姑娘站在海边，微眯双眼，脸盘干净头发乌黑，整个人盈软腻滑、明眸皓齿的样子。她让我想到安房直子的《野玫瑰的帽子》"像拂晓时分的月亮"，就是那种让人一看就想把世界上所有的最好吃的东西都买给她，把世界上最好的运气都送给她的人。那个夏天，他们从台北到垦丁再到高雄，然后经由九份和十分回到台北。他们在十分这个和它名字一样美丽的地方放孔明灯，上面写着"我们在十分，十分幸福"。在垦丁，割包骑着小摩托载着她，慢慢开到台湾的最南端。他们在海边吃西瓜，把瓜拍碎在礁石上，红瓤在手上，啤酒在肚里，爱人在身边，喝啊喝，喝到夕阳坠落满天星，喝到一身都是酒味。

5

也在那年的秋天，姑娘的公司有个特别好的外派机会，去新西兰，去三年。秋天呀，是个特别神奇的季节，它留不住，走得快，所以你更希望它快快过去。就像有人说过，在中秋乘公交车的每个人，都像是要去远方一样。

姑娘左右互搏很久，她也不想离开割包，但新西兰是著名的极限运动的天堂，皇后镇又是著名的探险之都，那里的市场多广阔呀，一定会有很好的机遇与发展。最后，为了彼此能有个更加舒坦的未来，她决定要出去。割包自然是抽抽搭搭地不放行，但最终他还是让步了。一个曾经激进冲动的热血少年在此时选择了妥协，选择了牺牲。爱就是这样啊，你投降，你缴械，你战败，还心甘情愿无条件地割地赔款。很多时候我们也会想要强求，想要撒泼发脾气，但你不能一直任性啊，你要懂事，虽然懂事很委屈，懂事也很辛苦，但你也只能一边懂事一边哭。

"大钱，你知道吗？原来我一直以为我人生中的快乐，一半藏在食物里，一半窝在音乐中，还有一半绑在她身上。后来，她走之后，我才发现，她才是我的食物、我的音乐，是我的一切，是我全部的快乐。"

"大钱，你知道吗，她是我生命中出现过的所有人。"

原来，割包眼里那些破碎的光亮不是一口水井，而是一座少女冢。

走的那天，姑娘做了好多好多好吃的。割包想告诉她，他爱她。

但是他没有，他只是默默吃完了所有的东西。他想开口挽留，但是他也没有，他怕一开口就会溃不成军，所以他只是不停地吃，所以他只能不停地吃。

最后，割包把一万颗破碎的眼泪擦拭干净，收进了姑娘的行李箱里。他们在汽车的后视镜里见了最后一面。微笑道别。

姑娘出国之后，他们只能通过电话微信来联系。那时，割包才发现，原来上海这么大，这么多条街，这么多饭馆，他却不知道去哪里吃饭。有时候割包接到姑娘打来的越洋电话，新西兰的夜里瓢泼大雨，但割包在上海却是好天气。割包就想，为什么上海不下雨？如果能够拥有一样的雨天，是不是可以假装还待在一起？姑娘其实是个非常聪明能干的人，马上，她在新西兰的生活渐渐步入正轨，在工作上也得到了很多的赏识和提拔。她是真的很喜欢这份可以边玩边认真做事的工作，还经常能去蹦极、跳伞、滑雪、冲浪。而割包呢？生活依然千篇一律、没有重心，每天就是等电话和数日子盼姑娘回来。终于，有段时间，割包很久没有收到姑娘的电话、信息、邮件。什么都没有。他找不到她。割包当时就跟疯了似的，你知道那种生活突然失重，但你却什么东西都来不及抓住的感觉吗？对，就是这样。割包只能去找姑娘的朋友，但却得知，姑娘在那里，在那个美得像种在云上的地方，有了新的恋情，并且很快就要结婚定居，不会再回来了。那天，割包不记得自己是怎么回到家的，黑漆漆、空无一人的家，割包打开冰箱，里面没有巧克力、三明治，也没有酸奶和可乐，没有很久了，以后也不会再有了。冰箱里只有几罐啤酒，两个月前的过期啤酒。

将近一年的时间，割包都处在一种混沌恍惚的状态。他剪掉了他的小田切让头，经常在夜里一个人操着酒瓶走很长的路再走回来。他每天给他们一起养的植物浇水，但那些植物最终还是死了。他交很多很多的女朋友，但是他从来不和她们一起吃饭，总是一个人安安静静慢慢地吃。

"大钱，你知道吗，那时我真的觉得自己快死了，我会想她，在每碗我们一起吃过的食物前。"

割包说着，第一百零一次地把手上的烟盒揉皱。

6

故事讲完了，这个专属于割包的故事，这个这些年来他对外对己一致的口供，就这么结束了。

我要讲的是第二个故事。

其实割包最爱的姑娘并没有移情，也没有别恋。她只是在一个很平常的日子里，就像以前一样，为最新的跳伞器材去做测试，但她搭了一架会爆炸的直升机。那地方是真美啊，云铺满天角，海盛满桅杆，阳光战栗，微风融化，连公路都是柔软的。她就这样飞在空中，跟着飞机一起爆炸，就这样永远留在了那个像种在云上的美丽地方。至于割包，情深不寿的割包，无法接受爱人变成碎片的事实，就一直活在自己对自己的欺骗中。

　　而我，始终无从知晓，不爱，和死，哪一个更让人绝望。

/ 花大钱

# 老鱼的故事

💕

Chapter 06

过去的自己犹如身上的脂肪一般渐渐消退，留下的只有最女人的外表和最男人的内心。她做好了准备，以迎接轰轰烈烈的未来。


　　1

　　望月·你懂的
　　买醉郎君深夜还，
　　月上梢头把君看。
　　饼圆月圆人团圆，
　　的卢宝马千里送。
　　请神拜佛求平安，
　　联天动地齐欢聚。
　　系情天涯有缘人，
　　我以我心向明月。

老鱼在中秋节前给我写了这首诗，让我对着手机傻乐了半天。

"你开始卖月饼了？"我问她。

"聪明，看得出我的藏头诗啊。"她转给我一个产品页面，里面贴着一排光鲜亮丽的月饼，"帮我向朋友推广一下，现在搞特价，五仁月饼礼盒装现在只要一百九十八元。买满两盒还附送杜蕾斯一盒哦亲。"

"为什么要送杜蕾斯？"我问。

"你有没有听说过一首诗？床前明月光，床上脱光光。举头望明月，低头鞋两双。"老鱼摇头晃脑地背着打油诗。

老鱼本姓余，她和一般的姑娘不一样，是一个创业者。

她对很多行业都有涉猎，开过淘宝店，卖过情趣用品，代理过减肥茶……总之，每一次见到她的时候，她都会给我一张新名片。而我上一次见到她的时候，她正在苏州阳澄湖跟着一群蟹农养螃蟹。秋天快要到了，她去蟹塘里的次数也越来越多。她说今年秋天来得早，蟹会比往年成熟得快，要赶在蟹黄最好的时候卖出个好价钱。

老鱼长得浓眉大眼，身材也前凸后翘。如果只是一个普通的美女那也就罢了，关键是她特别会利用自己的女性优势。

她开了个微博，用互联网卖蟹，里面全是她在蟹塘里劳作的图片。照片里的她，刻意穿了件白色薄衬衣，汗水和湖水打湿了一片，露出不少春光。她的大闸蟹微博上总是有很多男性粉丝，他们兴奋地刷着她的照片，称她为"第一美女老板"。

有一次，京城有名的美食家鹰爷在微博上抨击老鱼的大闸蟹，说她只懂卖弄，根本不懂什么才是产品。鹰爷在业界颇有名望，出了名的刀枪不入、软硬不吃，而且传说他不近女色，最讨厌女人出卖色相，所以他的批评一度让老鱼的大闸蟹饱受诟病。

被负面评论搞得焦头烂额的老鱼一拍桌子，决定去一趟北京找鹰爷解决问题。那天她穿着一件紧身大花上衣，坐上了开往北京的高铁。上车前，她说："看我怎么把鹰爷搞定。"

两天后，当她从北京回来的时候，鹰爷的微博上已经写满了对老鱼大闸蟹的溢美之词。

我们怀疑她是用色相勾引鹰爷的。

老鱼捋了捋头发说："不，我有秘密武器。"

"什么秘密武器？"我们问。

"碎西瓜。"看着我们惊异的眼神，老鱼道，"我去鹰爷办公室之前，在街头摊贩那儿买了个十斤重的西瓜，足足有我两个头那么大。一到他那儿，我就把这西瓜端端正正地放在他的桌上。鹰爷不明就里地看着我。我大喝一声，手肘用力一压，就把西瓜给压碎了。西瓜汁流了满地，还有一小块瓜肉溅到了鹰爷的脸上。你们真应该看看那老家伙的脸，那个表情我至今都忘不掉。"

"当时我说：'不要小看女人，现在只是一只西瓜，下一次我不知道我会碎什么。'鹰爷当下就颤颤抖抖地拿起电话打给一个编辑，说要安排时间澄清一下之前对大闸蟹的评论。"

我们目瞪口呆地听着老鱼的讲述，脑海中都不敢想象那个"手肘碎西瓜"的景象。

2

上学的时候，老鱼有点儿胖，不过她不在乎别人说她胖，但一直很介意别人说她弱。她一直认为，胖只是她的伪装，如果瘦了，那就简直完美到没有缺点了。做人嘛，留点余地总是好的。

高考那年，老鱼用一纸全省最好大学的录取通知书证明了自己的智商，成为大学生的她，开始寻找着各种商机。

老鱼首先盯上的是情人节。

她去鲜花市场进了一批玫瑰，然后找了一个男生捧着一大束站在女生宿舍楼下，而她穿着最简单的运动服，邋邋遢遢地走下来接花。

路过的情侣看到这个场景，女生都会羡慕地对男生娇嗔说："你看人家对女朋友多好，再看看你。"浑身冷汗的男生在女朋友的眼神攻势下，大多数都会停下脚步，在老鱼早就搭好的花摊上买一束给女生。

"这就叫擒贼先擒王。"老鱼得意地说，"女人最大的特点是什么？嫉妒！她们看到像我这样没有身材、没有相貌的女人都能在情人节得到花束，而自己却什么都没有，心里肯定不平衡。有比较自然会有嫉妒，这是最好的营销。"

"什么贼啊王啊的，你为什么就不能像个普通的女大学生一样，平时看看韩剧、谈谈恋爱，干吗把自己搞得这么俗气啊。"我问她。

"我才不相信什么爱情呢。我曾经在平安夜的时候卖过苹果，在网上发广告说可以免费快递苹果给你喜欢的人。结果来买苹果的男生基本都会列出三个以上的快递名单，最厉害的列了十几个名字。男人嘛，都是会同时排着好几个队伍的生物。"老鱼一副对爱情失去信心的样子。

我还以为她真的要在最好的年华里当尼姑呢。直到有一天，她告诉我她遇到了自己的真命天子。

她把我带到了学校后面的美食街，在一群叫嚷着"炒面、炒饭、话梅、瓜子"的小摊贩中，指着一个推着土耳其烤肉的异域小哥让我看："怎么样？"

　　那个时候，土耳其烤肉还是个新鲜玩意儿。不大的玻璃柜里，如山一般厚实的烤肉随着钢柱慢慢旋转着。顾客不多，烤肉小哥看上去很闲，默默地坐在自己的小推车上，偶尔挥手赶赶靠近的苍蝇。

　　我扶着下巴仔细看了半天问她："这就是你的真命天子？"

　　她有些羞涩地说："是他卖的烤肉啦。"

　　原来，这一切都起源于老鱼的一次买土耳其烤肉的经历。嗜肉如命的她在路过美食街的时候，被烤肉的香味和不断滴下的油脂给吸引，于是她买了一块品尝，美味的烤肉立马抓住了她的心。

　　"实在是太好吃了。"老鱼说，"相信我，这烤肉日后绝对会火。"

　　老鱼决定和烤肉小哥搞好关系，学会烤肉的技能。

　　"卖哈巴 ①。"

——————————

① 土耳其语"merhaba"，"你好"的意思。

她用前一秒在手机上百度的土耳其语同烤肉小哥搭讪。

"你说啥？"小哥开口，一口东北腔。

"哎，大哥，东北银（人）哪。"老鱼随机应变，立马伸直了舌头学起了东北话。

原来烤肉小哥根本不是国际友人，而是东北同胞。因为长得有些欧化，他常常被人当作是外国人。他来南方打工许久，在工地干过，搞过清洁，攒了点本钱后就买了辆土耳其烤肉车，在大学附近摆摊，卖给这些被学校食堂没有油水的伙食折磨得饥肠辘辘的年轻人。

老鱼用她半吊子的东北话和淳朴的烤肉小哥建立了友谊。在我们离开的时候，小哥还专门切了一块不小的烤肉，用面饼卷着让我们吃。

老鱼拿出十块钱塞给他，他怎么都不肯收。

"老妹子，你拿着吃吧，不要钱。"

"老哥，你也不容易，甭跟我这疙瘩客气。"老鱼还是把钱塞给了小哥。

烤肉小哥紧握着那张钱，等到我们走出好远还在那儿大喊以后常来啊！

从那之后，老鱼真的像是扎根在美食街的烤肉摊一样，每天跟在小哥身边卖烤肉，其他的小贩见了，都以为她是小哥从乡下带来的媳妇。老鱼用免费的烤肉把自己吃得满脸油光，连呼吸里都充满了烤肉的味道。

虽然食物好吃，可老鱼觉得烤肉小哥不会营销。他是个内向的慢性子，从不叫卖，只是姜太公钓鱼，等着人来买。眼看街上的客人都被其他摊贩给分流了，老鱼心里很着急。

"这样不行。我要让全世界都知道整条美食街的客源都被小哥的烤肉给包了。"她握着拳头，信心满满地说。

从此，她就成了烤肉摊的营销部长，每天张牙舞爪地在美食街拉客。

"这位大叔，来一份土耳其烤肉吧，滋阴补阳，他好我也好。"

"这位小姐，吃土耳其烤肉吗？每天吃一份，美容养颜。"

"这位大妈，土耳其烤肉限时特价，一份只要五元，你没听错哦，只要五元。"

"这位妈妈，给儿子带一份烤肉吧。这是哈佛大学荣誉推荐的土耳其烤肉，吃烤肉，考状元，上哈佛。"

胖姑娘老鱼似乎特别适合做食品生意，只要是看到她肉嘟嘟的脸，谁都会产生食欲。本来生意并不怎么样的烤肉摊，有了老鱼的尽力帮忙后，顾客渐渐多了起来，成了美食街上第一家需要排队的小摊。烤肉机每天都要超负荷运转，来应对大排长龙的顾客。肉被烘烤得吱吱作响，同时唰唰作响的，还有顾客的口水和老鱼数钱的手指。

烤肉小哥是个老实人，因为生意清淡，他曾一度以为自己选择下海烤肉是一个错误。在老鱼找到他之前，他还曾经打算卖掉烤肉机，回老家种田。而在不到一个月的时间里，老鱼不仅让他生意兴隆，还拿出整整三页纸的商业计划书，里面有"分店""加盟""品牌"等他连意思都不甚清楚的词。老鱼眉飞色舞地向正在割烤肉的小哥规划着烤肉摊的将来，从摊到店，再到分店，最终将是全国市场。小哥眯起有些近视的眼睛，这个时候，他看到了老鱼一身肥肉的深处，那个闪闪发光的灵魂。

"嫁给我吧。"烤肉小哥腿一软，单膝跪倒在老鱼面前，把手里刚弄好的烤肉夹馍举到老鱼面前，"我每天都做烤肉给你吃。"

老鱼被小哥突如其来的求婚吓了一跳，她不知道应该怎么回应，然而鼻子前浓郁的烤肉香却让她本能地接过烤肉，咬了一口，然后用塞满肉的嘴嘟囔了一句话。

　　"什么？"烤肉小哥没听清。

　　"这肉夹馍里忘了放菜。"老鱼使劲咽下了嘴里的食物。

　　老鱼在回忆起这次求婚的时候，一直认为当年的自己是幸福的，因为她在最喜肉食的时候，遇到了这个说要一辈子给她烤肉吃的男人。

　　"如果当时真的嫁给他，那我这辈子可能就是个幸福的胖子了。"

　　老鱼摸着如今柴火杆似的手臂，怀念着曾经珠圆玉润的自己。

　　可是老鱼终究没有嫁给烤肉小哥，也没有成为烤肉摊的老板娘。吃饱喝足、每天做个幸福的小女人，这大概是许多人的梦想，但终究不是老鱼想要过的生活。

　　老鱼对小哥说："我妈曾经告诉我，要像个男人一样活着。这句话我记得太久、太牢，已经真的把自己当作了男人。和你在一起的时候，我只想做个小女人，但是我这辈子注定是要像男人一样奋斗的。"

小哥没有听懂老鱼的话究竟是什么意思，但他明白，自己被这个白白胖胖的姑娘给甩了。

少了老鱼这个像神经病一般揽客的活招牌，烤肉摊的生意也逐渐变差。我有时路过也会去吃一次，失恋的烤肉小哥一副有气无力的样子，烤肉机也像是经久未修一般，转起来咯吱作响，割肉都要割老半天。后来，烤肉小哥干脆收摊不做了。

3

对老鱼来说，烤肉小哥是第一个走进她心里的人，也是那个带走了她心里最后一点儿女人味的人。

老鱼瘦了。

像蝴蝶幼虫挣脱困住身体的外壳一样，老鱼也一天天地褪去自己身体上的肥肉，逐渐变成一只纤细而又苗条的蝴蝶。

我们担心老鱼病了，可是她说没有。

她说："你忘了吗？我说过胖只是我的伪装，那个时候我的心还不够硬，需要脂肪来保护。现在我的心已经足够坚强，自然也就不需要这层保护膜了。"

不过，老鱼没有和所有人都这么说。

她是一个天生的商人，而身体是她永恒的广告。

面对那些每日追着她问如何瘦身的声音，她神秘地透露她正在使用一种非常有效的减肥方法，不过具体方法还不便告知。她煞有介事地卖着关子，让听众的心里直痒痒。

老鱼每天在网络上贴着自己的瘦身进程，差异巨大的对比照片为她赢来了无数关注，所有人都在好奇她究竟是怎样如变魔术一般变走自己身上的肥肉。终于有一天，她在自己的博客上贴出了她的"减肥秘籍"纤体果蔬汁。

老鱼推出的果蔬汁看上去并没有什么特别，矿泉水这么大的塑料瓶，红橙黄绿青蓝紫七种颜色，分别是草莓、香橙、香蕉、猕猴桃、芹菜、甘蓝七种蔬果汁。

她在网上说，正是用了果蔬汁减肥法，才让她在这么短的时间内快速瘦身的。老鱼的瘦身对比照被印在了果蔬汁瓶上，她判若两人的减肥成果的确很有吸引力。

我不知她的果蔬汁有什么特别，但这小小几瓶看上去毫无新奇的饮料却在互联网上引起了抢购的狂潮。"纤体果蔬汁"成了搜索引擎的头条，网店刚刚开张，货物就已卖断。

老鱼租了一间郊区的写字楼，用低廉的工资招了几个大学生，每天打理果蔬汁的网店。而她自己日常的工作，就是拍一些瘦身效果的写真以及写瘦身秘籍。

果蔬汁的火爆程度出乎了所有人的意料，就连本地的媒体也争着采访老鱼。

"请问你的果蔬汁怎么会这么火爆呢？"一个黑乎乎的话筒伸到老鱼的嘴前。

"因为我们家的果蔬汁与众不同啊。"

"怎么与众不同呢？"

"喝完一个疗程，包瘦五斤哦。"

"真的吗？"有些婴儿肥的女记者双眼放光地盯着桌上的果蔬汁，恨不得立刻就将其饮下，换走自己身上的赘肉。

老鱼抿了抿豆蔻红色的唇彩，摆出一个优雅的微笑。快门声咔嚓咔嚓，她知道自己又将掀起一股热潮。

"包瘦五斤，是真的吗？"我问。

"当然了，不过你得用正确的方法，"老鱼扔给我一本小册子，"拿去自己学习一下。"

"窈窕纤体果蔬汁，七种口味，每日一瓶，服用期间需结合断食疗法，疗效显著，每个疗程可瘦3~5斤。"我慢慢地读小册子上的字，然后有些不解地问老鱼："断食疗法是什么东西？"

"就是不吃东西咯。"老鱼回答。

"不吃东西不是本来就会瘦吗？"

"但果蔬汁可以补充维生素和纤维质，保证减肥不减胸，畅通不便秘。"老鱼回答得密不透风、滴水不漏，"而且我们的纤体汁还是Hello Kitty包装的哦，看上去多漂亮。"

果蔬汁上市后一直捷报频传，不断地有售罄的消息。而老鱼，被媒体誉为新时代女性的瘦身偶像和创业榜样，也开始经常出现在电视媒体上。

"那些化妆品生产商、销售商都是男人，他们把自己打扮得越来越娘，最后赚的都是女人的钱。随意走进一家购物中心，里面的各种快饮店、甜品店，老板全都是男性，他们怎么会考虑到女人的APP和热量的控制。新兴的女性网络软件、各色记录生理期的手机APP，背后的老板和精英团队都是一水的纯爷们儿，他们怎么会了解女性的真正需要。而我们要做的，就是这样一种女性革命。让女人真正掌握自己的生活。"老鱼上了一个颇有影响力的电视访谈节目，在节目里，她以指点江山的气势，规划着自己事业的蓝图。

老鱼将自己塑造成了外表美丽、头脑精明的女性创业者形象，也拥有了越来越多的粉丝。他们像崇拜偶像一样崇拜老鱼，无数年轻男女希望能够像她一样，拥有如此出色的外表和成功的事业。

不久之后，老鱼被邀请去北京，参加一个名为"年度最有影响力女性"的论坛，和她一起出席的，有不少是女企业家、女明星和政坛名人。

论坛的主席邀请老鱼上台做演讲，老鱼穿着白色的礼服，站在巨大的LED屏幕前，讲自己的人生故事。她讲自己被人用土耳其烤肉求婚的经历，讲自己如何空手破西瓜解决公关危机。台下一班听众或是凝神静听，或是捧腹大笑。待她讲完之后，所有人都拼命鼓掌。末了，论坛的主席给老鱼颁了个奖，奖杯上写着"优秀九零后女企业家"。

"你真不像是个九零后女性。"主席看到奖杯的字感叹。

"不像九零后，还是不像女性？"老鱼微笑反问，台下响起一片笑声。

主席忙解释："我只是觉得你的经历，并不像是一个只有二十多岁的女孩儿。"

老鱼愣了一下，"女孩儿"这个词，好像已经离她很远很远了。

她的脑海里浮现出童年时摔跤课上摔出的瘀青，那个让她明白要像个男人一样保护自己的高中班主任，教会自己像男人一样活着的妈妈，让她体会到爱情的烤肉小哥……不过这种情绪只占据了一会儿，她很快又恢复了在镜头前锻炼出的颇为好看的职业笑脸。

"老了老了，看来应该换种牌子的面霜才行。"老鱼的话逗笑了一旁的主席。

在那个瞬间，老鱼感觉自己的眼眶有些酸，身体里好像有无限的情怀想要悼念逝去的青春。

过去的自己犹如身上的脂肪一般渐渐消退，留下的只有最女人的外表和最男人的内心。她做好了准备，以迎接轰轰烈烈的未来。

／黄竞天

# 你去了英国

❤

## Chapter 07

我再见到她时，她提着LV，一身名牌，戴着一个金贵的女式表，多了一分女人味和几分成熟感。


1


十五岁时，我站在楼道里，跟所有的小伙伴挥着手，送他们升入了初三，决定留下来，再读一年初二，但不是由我决定的。

老师对我说："别人不交作业一次，扣5分操行分。可是我对你已经很宽容了，你每次不交作业，我只扣你0.5分，可你还是不及格。只能留级了。"说完忧愁地看向窗外。

我穿着中山装校服，随着他的目光，一起忧愁地看向窗外，灰蒙蒙的天空，点缀着几片当年的霾。

几秒过后，我点点头，觉得老师说的是有道理的，毕竟学校有学校的规章制度，况且学校不可能把我永远留在初二吧，想通这点以后，我欣然留级。

又一年初二，我又被安排在靠近后门的卫生角。刚刚留级下来那个时候。侥幸升上了初三的那群不知道为什么操行分能及格的校内知名"不良少年"，常常会逃课下来，在我们班后门的玻璃上，探着脑袋来围观我。围观完后，会一起大声喊我的名字，让我出去抽烟。

每当此时，同学们都会集体转过身来看着我，老师的眼神更是让我觉得能喷出一道闪电秒杀我。我无辜地看着他们每一个人，然后低下头，弯下腰，默默打开后门，溜了出去。

几个星期过后，班主任就跟年级主任反映，因为我的留级而影响了他们班级的正常教学，经常有人在上课期间敲打后门。然后我站在教导处跟主任保证以后不会了；再站在操场求小伙伴们不要再来敲门了。被我晓之以理、动之以情的他们，一时竟不知如何是好，觉得突然生命中少了一件好玩儿的事情，但经过思考，他们最终还是答应了。

之后我如去年般，开始了每天上课睡觉的生活。

2

老师和我都以为，我又会将一整个初二睡过去。

但在一个风和日丽的早上，冷清的卫生角忽然人潮涌动，热火朝天起来。我带着起床气正准备怒斥大清早就想要来拿工具搞卫生的同学，结果抬头一看，是个身材高挑的女生，小眼睛、小鼻子、小嘴巴，可怕的是，连胸也小，正在搬着桌椅和书本。

我毫无兴致地问她："你怎么坐到这里来了？"

她答："我在前面太闹了，老师嫌我影响其他同学。"

我顿了顿，有种同是天涯沦落人的感觉，打了个长哈欠说："你别在我这儿闹，好好做人，争取早日回到前排，知道吗？"她点点头。我马上又"砰"的一声，狠狠地砸在课桌上，倒头睡去。

只是谁也没料到，从此以后，我永远都能在上课期间随时听到小声而快速的叽喳细语，讨论的全是些我听不懂的东西，从不间断，一度让我感觉全世界都是这女生的声音；下课时更经常被一阵阵狂妄的笑声惊醒。

这女生的声音又尖又细。我从客气地提醒她到破口大骂、怒目而视，但她就是忍不住要说话和聊天。面对这么一台聊天永动机，我甚至有时会有不知所措的委屈。

在一天放学时，我和老狗走在路上，我说："狗哥，前面来了一个傻瓜，每天叽叽喳喳，搞得我觉都睡不了。"

老狗说："打他啊。"

我："女的。"

老狗一听，停下脚步，点起一支烟，特别严肃地看着我说："你这样想就不对了，你告诉我什么叫作男女平等？"

我心想：男女平等？

老狗："你晓不晓得？人要讲究男女平等？"

我皱着眉头问："怎么说？"

老狗烟往地上一砸："女的还不是一样地打！而且女的打更重！"

听完我整个人都石化了，在那么一个明明大家都没有"三观"的年纪里，一旦身边的某个人假装有，那么身边的人就会全被传染。我刹那间就恍然大悟，觉得确实是这么个道理。

所以那天之后，我们班的卫生角经常能看到一个少女聊着聊着，整个人突然往前一倒，然后惊愕地转过头去看着身后的少年。她椅子后背，全是我的脚印。

过了几天之后，我发现她开始背着书包上课，为了减震。我抬起一脚蹬去，她也就停顿那么几秒，回头看看书包，然后继续跟身旁的人聊天。我看着天花板，感到很无助。

我逐渐变本加厉，每逢下课就组织一大群小伙伴，用纸团围攻她。她虽势单力薄，也仍然一手护头一手捡起砸向她的纸团还击。

欺负她就成了我们的一个乐趣。每逢下课，一些发疯的小伙伴蹦蹦跳跳地到我面前来问我："开始了吗，开始了吗！"

但实际上，由于她的顽强和不屈服，我心里有一股强烈的挫败感。平时大家都对我毕恭毕敬，觉得多看我一看就会被我杀掉，对此，她却丝毫不理睬。

在又一个课间，我一改往日的嚣张跋扈，我说我们一起下去买东西吃吧。看我第一次对她那么客气，她突然露了一点儿羞涩的表情，然后默默地站起来，跟我走出了教室。

走过阴暗的医务室楼道时，我忽然大喊一声："弄死她！！！"一瞬间两边涌出十几个人，无数个纸团飞向她，她愣在原地被砸得劈头盖脸，看得我兴高采烈地哈哈大笑。

老狗抓着一个纸团飞向她，"啪"的一声，正好砸在脸上。

直到这时，大家才发现她一反常态地没有还击，也没有说话。突然楼道变得安静下来。

她突然抬脚飞向老狗，老狗整个人摔了出去，老狗以强壮著称，五年级丢实心球比体育老师还远，初中以后还创造了校记录。打球时面对最激烈的碰撞也从不倒下、从不动弹的他，这一摔让我们叹为观止，全站在原地，张着嘴。

然后她从我身边走过，瞟了我一眼。这时才发现她的眼睛是红的，满是委屈。我怔住了。她收回目光，低下头走了。而那个对视让我有一种说不出的奇怪感觉。

我那时其实是一个调皮而善良的男生。调皮过后，才突然想到，其实她也是个女生。但因为交友不慎，听信了所谓的"男女平等，女打更重"理论，导致我差点儿丧失了人性。一股内疚涌上我心头。

我对老狗说："其实她刚刚哭的时候还挺可爱的啊。"

老狗一句话都没说，估计还沉浸在那无法解释的一脚中。那天之后她得了一个外号叫"大力佼"，佼是她的名字，大力是因为她很大力。

那天过后，我再也没欺负过她了。虽然我还是经常会骂她，但她也敢还口了。因为她大概知道，我对她有歉疚之情。

3

有一天老狗开玩笑跟我说："你也该找个女朋友了啊。"那时我才十五岁，但他对我说了三十五岁才会说的话。我呵呵傻笑着，想象着女朋友的画面，脑海里闪出的却是大力佼。这让我开始生自己的气，然后还得每天去克制自己别想这件事，于是我就每天都想着这件事了。

想着想着，我就觉得她其实挺耐看的，有时候还挺可爱的，特别是她放着一大堆零食在抽屉里，接着打开抽屉告诉我："看到没，这么多零食，你别偷吃！"我点点头，于是她的零食基本上都被我偷吃了。

后来，我们之间聊天越来越频繁。有时突然沉默下来，我盯着她，她盯着我，我就尴尬得脸红了起来。

一段时间过后，连老狗也能看出我喜欢上大力佼了。

又是一个放学的黄昏，我说："狗哥，我喜欢一个女的。"

老狗："嗯，大力佼。"

我连忙红着脸手舞足蹈起来："放屁啊，老子怎么可能？"

老狗点起烟："那你脸红什么？"

老狗又说："别装！喜欢她又不丢脸，而且你要去对她说，别对我说。"说完对我眯着眼坏笑。

在自习课上，老狗的话不断地我脑海里回响，我趴在桌子上边睡觉边研究如何借鉴《流星花园》《还珠格格》《情深深雨蒙蒙》里的桥段表白。

正研究间，大力佼忽然转过来，用手指弹我。

我懒得理她。

她又卷起一个纸筒假装喇叭，凑到我耳边问我："你睡着了吗？"

我还是一动不动。

接着她"喂"了两声，然后我感觉到她转过来，仔细地观察着我。

我依然不动。

然后她又把纸筒凑过来，一字一句地对我说出了我毕生难忘的一句话："我喜欢你！"

我耳朵能感觉到从纸筒里传来的她的气息。我头脑空白了一下，然后整个人吓了一跳，下意识地弹起来，撕心裂肺地大喊一句："哈哈哈哈哈，你居然喜欢老子！"

同学们都被吓了一跳，转过来看着我们。大力佼还保持在用纸筒连接她嘴巴和我耳朵的状态中，于是空气就凝固了，大家瞬间就明了了。我突然觉得自己可能失态了，行为太任性了。

大力佼力气很大，她红着脸，没有说话，抓起一本书低着头追着我就开始打，一直打到我躲进男厕所。

我们就这样一起早恋了。

4

早恋后的某天，我们经过一个宠物超市，看到一只猪，她很喜欢，然后我就买了。她抱着那头猪声称要好好爱护它。但在当天，那头猪对着我们哈了一口气，很臭，于是那头猪她就从来没有带回家过，一直放在我家。那是一头白天睡觉，晚上活动的猪；而它活动的内容就是在大厅瞎跑，到处撞房间的门，搞得我们都睡不着觉。有一天半夜那头猪叫得跟杀猪似的，我才发现它撞进了大厅的厕所，在坑里苦苦挣扎，我救了它，但早已心力交瘁。

后来，爸爸偷偷让保姆把它卖到了菜市场。为此，大力佼假装伤心了很久。那些日子里，我和大力佼时常放学走在市中心的步行街，到处瞎逛；还在情人节一起吃了个"跑堂"。有一段时间我们决定买两个本子一起写日记，过段时间再交换来看。她还常常和老狗拼酒，老狗觉得压力很大。

有一天，我爸看到她时问我："她是不是个弱智？"当时没有"萌"这个词，我很难解释。因为她经常会说一些现在想起来很傻的话，也会做一些现在想起来很傻的事。比如找不到一直抓在手上的手机，又比如找不到手机一着急用力地甩甩手，手机飞了出去。我们一起看余文乐和高圆圆演的《男才女貌》时，我哭得不能自己，她在旁边一直无奈地看着我。

有一天晚自修结束，一个中年魁梧男人把我截在了校门口。我不耐烦地看着他，他用手机指着我的头，让我别再跟大力佼来往了。我心中一怔，情敌都排到这个年纪了？

我正准备挽起袖口，决一死战，大力佼跑到旁边问了一句："爸爸，你怎么来了？"然后大力佼的爸爸训斥了我非常久，大概内容是你这么一个不务正业、平常上课都找不到人的少年别带坏了我家女儿。我义正词严地说："你不能用成绩的优劣来判定一个人的好坏。"

他爸爸反问我："那用什么来判定？"

对啊，那用什么来判定？那个年纪里。我倔强地扭头就走。

但我依然和大力佼偷偷交往。他爸后来也无可奈何，只能尽到一个作为父亲的责任，在暗处保护大力佼。比如说我和大力佼一起看电影，散场时，猛然发现她爹蹲在最后一排，偷偷窥视我们，吓得我惊出了一身冷汗。

十五六岁时，其实没有人懂爱是什么，但大家都以为自己懂。至于未来是什么，没有一个人知道。由于没心没肺，所以两个人才能出于最单纯的动机在一起。

也因此，我们从来没想过初中毕业时会怎么样。

在初中毕业后，爹娘决定把我送去海口上高中，因为他们希望我远离那时的环境，看能不能好好做人。

那个暑假，我们心里都像压着一块石头，却又像早已达成了默契。在那段日子里，绝口不提将要分隔两地的事实。我们只是如往常一样和朋友们待在一起，欢度最后的时光。

那个暑假，是我唯一一次感觉要倒数着过日子的日子。

终于到了临走前的一天晚上，我们站在路边，我假装潇洒地把脖子上的玉佩取下来，掰成两半，一人一半，我说："这样日后我们就能相认了。"

她点了点头，把那半块玉放在手里，看着我，跟拍戏似的问我："那以后我们怎么办？"

我故作潇洒地说："有电话啊。"

她又问："那怎么见面？"

我又傻笑着说："放假我就回来了啊。"

我们就再也说不出一句话了。最后我送她上了回家的车。我看着那辆黄色的的士，越走越远，眼睛就红了。

那天回到家，父母看着我没有如往常般手舞足蹈、载歌载舞地飘进来，而是沉默不语，双眼通红。姐姐拍了拍我的肩膀，说："毕竟还小。"

走那天,一起长大的小伙伴们都在路边哭着把我送走了。但我唯独没让她来。

在海南岛,我常常面朝大海,看着对岸。幻想时间飞逝,能早日放假,见到朋友和她。

但实际上,那年放寒假的时候,回到重庆,和大力佼见面,却是另一次更漫长的告别。

爸爸厌倦了漂泊,说人总是要回到故乡的,便决定举家回到广东。心中虽然很舍不得,但看着爸爸恳求的眼神,我就没再说什么。

我打电话告诉完大力佼这个消息以后,她什么也没说,就挂了电话。彼此心照不宣地知道这意味着什么。

我一个人坐在楼下的长江边,叹了少年时代第一口也是最后一口气。感觉自己有一种全世界都不懂的无奈与悲哀。

那年,重庆下一了场久违的雪,细碎的雪花,触手即融。坐上回海口上学的飞机,看着江北机场,想到下一次回来,不再是某个特定的寒暑假时,觉得整个少年时代从此被一分为二。

回到海口，紧接而来的就是我的生日。我收到一大箱大力佼从重庆寄来的东西。上面写着：要从下面打开。我从下面把那个很重的纸箱剪开的瞬间，有几百颗糖果像水一样倾泻而下，哗啦啦落了一地。里面的信写着："要的就是这种效果。"

我的初恋，竟如此莫名其妙地开始，也莫名其妙地结束了。就像这糖果一样，许多甜蜜倾泻而下，但却只能仅此一次。之后许多年，我们再也没见过。

5

时光飞逝，大四时，我去了北京实习。有一个从小一起长大的朋友来看我，我们去了南锣鼓巷，喝着酒，听着不知道哪传来的一个沙哑声音，唱了一晚上不知名的情歌。

也不知从哪儿接入的话题，她跟我聊起了我的初恋，她说："后来她经常去酒吧。她高中时交了一个男朋友，对她不好。再后来，你也知道，她考上了川外。你最后一次见她是去年咪咪哥结婚的时候吧？那之后，她去了英国，在机场大哭着走的。"

我点点头，没有说话，我能想象到那个画面和她心中的惶恐。

那天回去的路上，坐在车上，我觉得很孤独。那种孤独并非来自异地他乡孤身一人，而是来自你在异地他乡孤身一人时想起的曾经。

我记得咪咪哥结婚那天，我在大圆桌的一角坐着，低头玩手机，忽然听到小伙伴们几声做作的咳嗽。我抬起头，猛然看见了她。我曾设想过再见到她时，她会是什么样的。那天她提着LV，一身名牌，戴着一个金贵的女式表，多了一分女人味和几分成熟。

我们彼此对视了一眼，我忽然笑了，说："你这傻瓜。"然后大家都笑了。我们两个人又尴尬地看向了别处。

那时我想，我们只是这样而已：没有过什么激烈的争吵，没有过三观不合，没有过性格不符，也无关物质，只是纯粹地不能在一起。分开仅仅是因为那个年纪里，注定了没有结果和不了了之。

你去了英国，我却在世界的另一头想起了你，就像想起一个老朋友。时间带走的那些单纯日子，如今偶尔还会和朋友笑着谈起，只是早上再照镜子时，发现已是另外一张成熟的脸。

/ 里则林

# 你来过，我才难过

♥♡

## Chapter 08

孤独的人往往不会再透露自己的不堪，伤心的人往往会用微笑来掩盖自己的悲痛，因为他们不愿意再经受一样的苦，因为他们不愿意别人像自己一般经受这样的苦。

总有一些事情不愿意提及，有时会美好到虚假，有时却崩塌到决堤；总有一些人不愿意回忆，有时会离散到不见踪影，有时却近在眼前无法触及。

对于宁远而言，郭帅就是往事中不愿被提及的那个人，而娜娜就是爱情游戏中看似最后的胜者。每个人心里都有这样的一段感情，一想起来或许百爪挠心，话到嘴边却无从说起，最后只能默默地说，别提了。

1

宁远曾经对我说，活着已经是很艰难的事情，可爱情却常常雪上加霜。有时相信它，有时背叛它，有时会因为孤独依附它，有时会因为喧闹抛弃它。爱不会友善地对待每个人，爱会给你一副野兽的嘴脸，把你身上最后的一点自尊和骄傲撕扯干净，换你一张血淋淋的皮囊。

我知道，曾经的宁远就只剩下了这副皮囊，她用尽自己的全部去留下爱情，但最后只剩下独自的不甘。我写下这个故事，不为纪念曾经的爱，只是告诉你，你来过，我才难过，有些爱情徒有虚名。

宁远在很多人眼里是果决的女生，她用三年修完了大学的课程，提前开始工作，她用自己百毒不侵的心提前进入社会，她也在各种复杂的社会条框里找到适合自己的加以利用，她办事简单直接，说话直击要害，很多人都说宁远是新时代的女强人，但只有我，这个她最好的朋友知道，宁远的坚毅和果决，不适用于爱情。

故事发生在 2005 年的夏天，正午的五道口几乎没有人，宁远戴着耳机穿过校园，来到这里喝一碗冰粥。耳机里传出的是哈尔滨一家电台的广播，每天正午有十分钟的新闻广播是她必听的，她是声音控，当第一次听到这个男声的时候，她几乎发狂地爱上这个声音，甚至对发出声音的这个男人产生了一些微妙的感觉。

电台主播在当时对于宁远来说还是神秘的职业，她好奇那样的声音属于怎样的人，好奇声音是如何通过电波传到自己的耳朵里。中午的简短新闻播报只是这位叫作郭帅的主播一个客串，在每晚十二点开始的《夜夜零点》，才是宁远心中真正属于他们二人的时间。

宁远一边喝粥，一边翻看着她给郭帅写下的播客留言。郭帅总是礼貌地回复，她有些不专业的意见，郭帅都真诚地感谢。渐渐地他们成了网友，郭帅的播客有了宁远的链接，被放在最棒听友那一栏。宁远兴奋极了，她甚至觉得有一天，他们会成为真正的朋友。

夏末的那一天凌晨，郭帅做完节目直播，第一次拨通了宁远寝室的电话。

2

每天晚上是宁远最开心的时间，她会提前洗澡上床，躺在床上听郭帅直播，用电话线拨号上网参与节目互动，还用QQ和郭帅聊天。每周会有主播在深夜的直播间值班，郭帅是每周一三五轮班，他下了直播就会给她打电话，这对于宁远来说是从来没有的体验，她只要想到能和主播聊天到清晨，就兴奋得浑身颤抖起来。

当电话里第一声"喂"传出来的时候，她发现自己喜欢上郭帅了，这份感觉好似不是光明正大，好像只存在于黑夜，这是她的秘密，隐藏在深夜的电波后，而她也明白，她在自作多情，优秀的电台主播，又怎么会喜欢一个什么都不懂、远在北京的学生妹？

就这样，他们整夜畅聊，话题天南海北，宁远总是把头蒙在被子里，一个姿势保持几个小时。秋老虎的北京依然炎热，头发上的汗水一滴滴滚落在床单上，宁远打着手电给郭帅读书，郭帅给宁远讲单位的趣事，经常到了第二天天亮，两个人依然有说不完的话。

有一天郭帅突然说，你尝试过异地恋吗？宁远一愣，没有啊，我觉得异地很辛苦。郭帅笑了一声，那是因为爱得不够深啊。宁远赞同地说，也是，如果彼此喜欢，心的距离近，就算离得再远，也是可以在一起。

郭帅突然神秘地说，我现在就特别想谈一场恋爱，异地的恋爱。宁远的心突然跳得特别厉害，那是一种情感破土而出的悸动，她强忍着内心的激动，装作淡淡地问：哦？挺好啊，和谁？郭帅说，你。

宁远突然默不作声，一时间各种情绪堵在心口无法说出口，她闭上眼睛极力平复自己的心情，她口是心非地说，你都不知道我长什么样子，而且我只是一个学生，你都工作了，我们恐怕……郭帅打断她的话，干笑了两声说，怎么，你不敢？

宁远一时间有点尴尬，故意理直气壮地说，怎么不敢，谁怕谁啊，来啊……

那一年的秋天，宁远和郭帅在一起了，郭帅把她的播客链接
单独拿出来分组，她还骄傲地给我展示手机里满满的短信。她
和郭帅每天发的短信有四百多条，收件箱放不下就恋恋不舍地
看了一遍又一遍，挑出无关紧要的删掉，剩下的被宁远背得滚
瓜烂熟。

每晚打电话到最后，挂电话就要叽叽歪歪半个小时。这边说你
先挂，那边说你先挂。这边说一起挂，那边说好的。然后又默不作声，
异口同声地说你怎么不挂？然后哈哈大笑。再重复这样的伎俩乐此
不疲，但宁远乐在其中。

他们在一起不久，郭帅的生日就要到了，他开玩笑问宁远要送
他什么生日礼物？可宁远却结结巴巴没有下文，后来郭帅知道宁远
的生活费用完了，虽然她百般解释和阻拦，但郭帅依然在第二天给
宁远打了三千块。

宁远和我说起这件事时她哭了，她说第二天她和同学去银行
提款，扬言要请好朋友吃羊蝎子，当她从提款机拿出那一沓不算
厚的钞票时，感觉自己整个世界都被照亮了。后来宁远和朋友坐
在饭店吃羊蝎子，她知道这是她半个月吃的第一顿饱饭，而这顿
饭，是自己的异地男友给的，她在热气腾腾的锅子前，默默流下

了眼泪。

我问宁远，你不是一个大手大脚的女孩子，你的生活费去哪儿了？宁远挑了挑眉毛，充话费了啊。

不久后郭帅来北京看望宁远，电台的工作制度严格，直播空缺一天要扣五百块的奖金。宁远感动得要哭出来，她对我说，郭帅扣了两千块的奖金，只是为了看她，她觉得这辈子就交付到他手里了。

郭帅比宁远见到的照片中更高更帅，整个人洋溢着一种成年人的成熟和大气，她几乎着魔一股盯着他看，初次见面两个人话不多，在宾馆里郭帅坐在床上，宁远拘束得手都不知道放在哪里，脑海里过电一般出现了各种画面，这时郭帅好听的声音响起，我可以抱抱你吗？

宁远被郭帅带着逛了北京没有去过的地方，而最让宁远难忘的，是他们去了北京游乐场，那已经是破旧的老地方，但两个人依然兴致盎然玩着各种设施，郭帅拉着宁远去坐摩天轮，宁远有恐高症，紧紧拉着郭帅的手，郭帅怜爱而深情地望着单纯的宁远，把她拥入怀里。

宁远羞红了脸，对郭帅说，这是我第一次坐摩天轮，感觉好好哦。

郭帅说，接吻吧，宝贝。

3

秋末的深夜有了寒意，郭帅和宁远的最后一夜显得那么漫长，宁远躺在郭帅怀里，扭头望着空旷冷清的天安门广场，灯火通明，但却毫无生机，宁远独自默默流下了眼泪。

郭帅问她为什么哭，宁远擦干眼泪摇摇头，没事，只是想到你明天就走了，心里难受。郭帅听到这样的话也眼眶泛红了，傻瓜，我走了，可是我的心在你这里啊。宁远听了这样的话，哭得紧紧抱住了郭帅，两个人被这样离别的情绪感染，抱头痛哭。良久，郭帅替宁远擦干了眼泪，宝贝，给我唱首歌吧。

宁远扭过身去，看着因为寒露逐渐模糊的窗户，唱起了王菲的《夜会》，那是她最喜欢的一首歌，宁远同样也被感动包围，因为在一起四天，郭帅不曾过分地触碰她，他说把宁远当作宝贝，不忍侵犯。

宁远听到这样的话，感动到无以复加。

郭帅回去了，他们回到了各自的世界，开始各自的生活，只是看似越来越牢固的爱紧紧把他们捆绑在一起，他们的短信和电话越来越勤，只是郭帅总是有意无意提到在北京时，宁远的照顾不周和孩子气。

那一年冬天的第一场雪后，圣诞节快到了，宁远告诉郭帅要在圣诞节去哈尔滨看望他，可是郭帅却一反常态地犹豫不决，今天说自己工作太忙，明天说节日的车票不好订，宁远没有多想只是撒娇不依，郭帅只好作罢。启程前几天，宁远突然接到一个陌生女人的电话。

电话里的人自称是郭帅的同事，叫娜娜。宁远好奇地询问是什么事，直到娜娜慢悠悠道出了原委。宁远第一次感觉自己的天都要崩塌，命运跟她开了一个偌大的玩笑。娜娜说，宁远，我是郭帅的女朋友。

那是一种什么感觉呢，宁远后来和我形容过那种心情，就好像是曾经在云里雾里的幸福，一时间被揭开了面纱，那种感觉不是跌入谷底，而是依然飘忽在半空，但脚下就是万丈深渊，自己就这样莫名其妙当了小三，她想找到一根救命稻草，却不知该望向何处。

去哈尔滨之前的一夜，郭帅深夜给宁远打电话号啕大哭，他断断续续地解释他已经和娜娜提出分手，但却狠不下心对娜娜做出决绝的事情，他不想伤害任何一方，所以总是犹豫徘徊在选择中，但郭帅反复强调他爱的是宁远。

宁远原谅和相信了他，她懂得爱情中的包容，懂得信任的重要性。她给娜娜发信息，我听说了你和郭帅的事情，他已经跟你提出了分手，请你不要再纠缠他，我才是他的女朋友。

娜娜回复了信息，哈哈哈傻逼，你就那么信郭帅吗？他如果不爱我，又怎么会央求不让我走？他如果把你当作女朋友，又怎么会半夜进我的房间和我做爱？快醒醒吧傻姑娘，你被男人耍了就不要再自己不要脸。

宁远看到娜娜的短信后异常平静，我曾经极力劝说她不要去，已经莫名受到伤害，就不要再给自己雪上加霜，但她下定决心，她依然要去哈尔滨，她要挽回她的爱。

12 月 24 日的哈尔滨格外漂亮，橱窗像是被涂上了金粉，中央大街人来人往，每个人脸上都是兴奋的表情。宁远冷得跳来跳去，他们买冰棍，他们在冰雕前合影，郭帅一脸疼惜地看着她，宁远一时间又有些恍惚，自己真的了解郭帅吗？他到底是一个怎样的人，他是否真的爱过自己？

一座陌生的城市，一间陌生的旅馆，一张陌生的床，郭帅静静地睡着了，宁远怜爱地望着这个男人，依然不相信他是忘恩负义的人。曾经他义无反顾给自己打来生活费，曾经他在北京不曾过分触碰过她的身体，他是那样的绅士和体贴，又怎么会让自己受到无端的伤害？

126

宁远正想着，郭帅的手机屏幕亮了，她第一直觉是娜娜发来的信息，思量再三，宁远拿起了手机，屏幕上是信息的提示，发件人是娜娜，上面写着：老公，今天是我们在一起三周年，三周年快乐，永远爱你！

宁远紧紧闭上了双眼，抑制住不停颤抖的双手，悄无声息地把手机放回原位，默不作声。不久郭帅醒了，要带着宁远去他家里小坐，郭帅家离旅馆不远，当他们打开房门的时候，里面已经坐着一个窈窕的女人。宁远心里咯噔一下，她知道，是娜娜。

娜娜以一种胜利者的姿态坐在沙发上，跷着二郎腿斜眼看着郭帅和宁远，嘴里冷冷地哼了一声。郭帅略微有些惊讶地问，你怎么来了？娜娜没有回答他，只是站起来走到宁远面前，眼神里全是鄙视和嫌弃：你来做什么？不要脸到这种地步，下贱！

宁远刚想反驳，娜娜抬起手扇了宁远一个耳光，她一个趔趄没有站稳，郭帅连忙过去扶起她，冲着娜娜喊，你干什么！娜娜装作惊讶的表情对郭帅说，我干什么你难道没有看出来吗？就干这个！话音刚落，反手又给了宁远一个耳光。

宁远心中的怒火瞬间被点燃了，从来没有人这样侮辱过自己，可她刚抬起手和娜娜厮打，另一只手紧紧拽住了她的手腕。宁远惊讶地转过头，看到郭帅一脸疲倦的表情，他的手紧紧地拽着自己的胳膊。宁远忍不住大喊,你放手啊!她抽我耳光你怎么不制止,我要反抗你怎么就不让了?你放手啊!

宁远开始使劲挣扎,但郭帅的力气实在太大了,最后郭帅低低吼了一声,够了,宁远,不要闹了!宁远听到这句话眼泪刷地流了下来,她默默向后退,不可置信地喃喃道,我闹?你觉得是我在闹?我已经容忍了这么久,我真的已经非常克制自己,你竟然说我在闹?

郭帅刚想开口说话,宁远哭着冲下了楼,她隐约听到身后娜娜胜利般的冷笑,还有一声重重的叹息。

宁远最后只听到两个字:婊子。

哈尔滨的深夜实在太冷了,郭帅没有追下楼,宁远不知道自己在哪里,不知道去哪里。她逆着人流的方向一个人慢慢地走,脑子里一团糨糊,失去了思考的能力,眼泪像是断了线的珠子大颗大颗顺着脸颊滚落下来,左右脸颊火辣辣地疼。终于,宁远不顾周遭人异样的目光,坐在马路边放声哭了起来。

远处教堂的钟声悠扬地响起,不远处的人群爆发出了震耳欲聋的欢呼声,宁远擦干眼泪抬起头看着夜空,凌晨零点刚过,圣诞节到了。宁远在心里默默地说,圣诞节快乐,宁远。圣诞节快乐,郭帅。

后半夜，哈尔滨下雪了，宁远从来没有见过这么大的雪，鹅毛大雪的形容已经远远不够，像是一张张被撕碎的纸片从天空丢了下来，宁远依然顺着街道独自走着，不一会儿头上身上已经落满了雪花，周围三三两两的人嘻嘻哈哈举着伞经过，唯有宁远独自一人走在这座陌生城市的大雪里。

宁远知道郭帅不会再来，没有人关心，没有人问候，甚至没有一条祝自己圣诞快乐的信息，宁远来到了他的城市，却只有孤灯陪伴她的身影，不断地拉长和缩短，不断地出现和消失。她独自走在与他近在咫尺的空间，却在逐步远离他的世界。宁远不再哭泣，寒冷让她逐渐丧失了意识，她不知道自己这是走到了哪里，也打不到车，周围逐渐冷清下来，深深的孤独感像是这场突如其来的大雪，无声无息包裹着她。她不能停留，也不能求救，她不敢停下来，不敢睡在长椅上，只能一直走，走在无人的街道，走在与热闹背道而驰的凌晨。

她在哈尔滨的街道上给我打电话，看似平静地讲述着发生的事情，我揪心地告诉她去找个旅馆睡觉，可她不肯，她一边冷笑一边说要永远记住这一天，记住这个残忍的时刻。就这样，宁远整整走了一夜，浑身冻得已经没有知觉，身上的衣服因为落雪又融化变得硬邦邦，原本温暖的靴子冷到彻骨，头上的帽子也消失了踪影，脸和手火辣辣地疼，头晕，恶心。整个世界在这个夜晚，放弃了她。

宁远第二天上午登上了回北京的火车，然后在寝室里埋头睡了三天，三天后她睁开眼，才觉得自己活了过来。她第一时间抓起手机，可手机里干净得像是欠了费，郭帅像是人间蒸发了一样没有了消息。宁远心里的不甘心开始慢慢涌上了心头，她发了信息过去：我觉得我们不合适，还是分手吧，不如我做你妹妹，你当我哥哥。

很快，郭帅的信息回复过来，只有简短的两个字：随你。

4

后来宁远唯一可以倾诉的人依然是我，也只有我知道她是怎样熬过来的。在旁人眼里，宁远像是变了一个人，她开始频繁参加学校活动，主持各种晚会，争取各种比赛演讲，拼命想要证明自己。她提前修完学分开始兼职工作，脸上出现了一种从未有过的冷漠和刚毅，但我心知肚明，她这种突如其来的变化，是从郭帅离开开始的。

而这种突如其来的变化，伴随着强烈的反差，她的放弃是曾经多少个不眠之夜换来的，宁远白天看起来若无其事，努力读书参加社交，但夜深人静时却偷偷地哭泣，她咬着被角，脸对着墙壁，后背在剧烈地颤抖，她曾经不停在半夜给我发信息，我用尽自己所有的词汇劝说她，她听着，然后整夜整夜地哭。宁远完全走出来，用了整整一年。

在那段日子过去很久之后，我和宁远在一个酒局上重逢，我们在角落里喝酒聊天，最后话题转到了郭帅，她一口气喝完了剩下的酒，对我说，当时我就是不甘心。

我对宁远的心情感同身受，在爱中的不甘心，是非常可怕的感觉。明明付出了却没有回报，明明爱得浓烈却得到了稀薄，爱一个人失去了自我，就会带来迷失和沦陷，而不甘心则恰恰是这场爱情游戏里最终的输家。

宁远和我说起了她曾经没有提及的事情：她后来又去过哈尔滨，找了一家网吧登上QQ找郭帅，借口有一件东西丢在了哈尔滨的宾馆想要回，其实就是想最后见他一面。郭帅像是变了一个人似的冷漠拒绝了，他冷言冷语地回复，你有意思吗？不就一件衣服吗？才几个钱，真抠门。

说起这件事，宁远一边大笑一边流泪，你看，我多傻，我为了他旷课去哈尔滨，我抛弃了自尊，我就是不要脸，作践自己非要去见他，在他单位对面的书店门口等他，一直等到凌晨两点。我以为他会顾念旧情，没想到他真的没有来。

我给她倒满酒，那你后来怎么样了？她对着我眨了眨眼睛，我没有那么傻，我后来回宾馆睡了，睡得特别香，死心了，踏实了。

我从未预料到，已经变得如此坚强的宁远，忘记郭帅整整花了一年时间，这要比他们在一起的时间要长得多。她爱过，她也受过伤害，她被抛弃在陌生的城市，她在大雪的凌晨整整走了一夜。宁远自己也明白，她之所以用这么久来平复内心，不仅仅是忘记郭帅，更是抚平自己的不甘心，把这份爱的输赢看透，把这份不甘心化为心甘情愿，宁远付出了太大的代价。

于宁远而言，其中的滋味，其中爱的美好和苦涩，都像是一剂中药，它会慢慢倾入内心，它会治疗伤痛，而这治愈的过程又是如此缓慢，缓慢到旁人猜测这种伤痛几乎无药可医，但时间却给了宁远最后的答案。最终，她还是站了起来，把凌晨湿透的枕巾清洗干净，晒在宿舍的阳台上，等到重新铺在床上，又是一股阳光的味道。

只是，这时间花费得太久，听着她诉说着我知道与不知道的往事，我深深地替宁远感到不值。

2014 年的夏天提前来了，北京突如其来的高温让所有人措手不及。那天和宁远喝咖啡，我突然想起郭帅，不知道他的主播生涯怎么样了。思量许久，我小心翼翼地问，郭帅现在怎么样了，你知道吗？

宁远没有任何破绽地拿起水轻轻抿了一口：我也是今年才知道他早不做主播了，回到老家卖安利的产品，可惜了一副好嗓子。娜娜也不做了，据说已经结婚生子。我曾经去郭帅的微博留言，但被拉黑了。我倒觉得挺好，各人都有各人的路，谁也不欠谁，就够了。我问，那你恨他吗？或者你曾经恨他吗？

宁远摇摇头，没有，从来没有恨过。只是如果他不来，我可能会好过一些，不过绕些弯路又找回自己，也蛮好。我一直都记得，在我最潦倒的时候，是他给了我三千块生活费，是他帮助了我。

到最后我和宁远都有些感伤，时间可能会带走很多人和事，有些是我们刻意去铭记，有些是我们想要忘记，但最终留下的，不仅仅是记忆带给我们的那些感动和悲伤，更多的是那些人教会我们如何去爱，教会我们如何去更好地生活。

宁远能够成为今天的样子，也是那些人和事所赐，或者是曾经的自己赋予的。那个半夜偷偷打电话的她，那个有诸多苦楚却不言不语的她，那个在大雪中独自行走的她，那个不甘心默默等待的她，那个半夜默默哭泣的她，那个完全放下继续前往的她……那份独自的隐忍和孤独，其实从未离开。

孤独的人往往不会再透露自己的不堪，伤心的人往往会用微笑来掩盖自己的悲痛，因为他们不愿意再经受一样的苦，因为他们不愿意别人像自己一般经受这样的苦。

霓虹灯奄奄一息，十二点钟即将成为历史，往事若无其事，关系也没关系，回到原来的路，住在两个城市。怀念太奢侈，只好羡慕谁年少无知。

宁远在最后说，我希望郭帅可以一切都好，其他的都不重要，都已过去。我也会永远、永远都记得他的好。一切故事，那一年的 12 月 24 日，到此为止。

/ 这么近那么远

# 穿越人海，
# 与你相拥相爱

Chapter 09

经历之前所有种种，长大变成熟，然后穿越重重人海，与这个对的人，在对的时间，相拥，相爱。


年少的时候，不懂爱情，以为爱一个人就是要耗尽所有体力、花尽所有心思。每一次吵架、分歧，都要通过大吵大闹，直到歇斯底里到彼此都觉得累了、倦了。再加上那时年少，于是任性、赌气，都可能结束一段感情。再有就是，有人说，年少时期的爱情，都只是爱自己。所以好多时候，感到委屈，觉得凭什么我要忍受你这样，分手吧，日后会遇到一个懂我、宠我、爱我的人，于是轻易放弃一段感情。可过了几年后，再恋爱，发现少了一份想要在一起的冲动，而多了一份"我和他在一起很合适"的理由。于是分手恋爱，恋爱分手，直到有天发现，这样的爱情不是自己想要的，一辈子那么长，只是单纯靠合适就在一起，未来日子太难熬，于是自己一个人过，走走停停，活在自己的小世界里。

又过了一段时间，遇到一个人，你发现自己的内心不知道从什么时候开始，又变得柔软了。和他在一起，你不需要掩饰什么，开心就笑得龇牙咧嘴也不怕，难过的时候，也可以确确实实地感到胸口一阵痛，心也在抽搐，你自问，这是怎么了？是爱情吗？原来长大之后，还是拥有爱与被爱的能力，回想自己曾经多少次自嘲说已经爱无能，而此时的笑和痛，又提醒着你，你爱他。

当下的爱情已经不比年少时的爱情来得纯真浪漫，你们不再需要很久的时间去试探彼此，也不需要用很长的时间去打动彼此，甚至免去了小惊喜，省去了追求的步骤，直接跳过一切，在一起了。不会再像年少时那样彼此花费心思去想一个独一无二的昵称，而是随便想一个称呼，只因为是他喊出来的，就变得独一无二。出去逛街，有车时他总能把你适时地拉到怀里，而他却不会在很多人的面前演出只为求你感动，蹲下给你系鞋带的烂大街戏码，那些小动作，都变成了由心而发，而不是刻意为之。虽然少了当初那份纯真浪漫，但是你却也惊讶地发现，你很享受于当下的这种踏实与平淡。

你依然任性，去海边吵闹着要他扛起你，在地铁里依偎着的时候小声说求抱抱，分开的时候习惯性地亲吻作别。相比年少，也变得更加容忍、有担当，明白了未来的路，你们既是恋人，又是合作伙伴，生活中那么多的事，并不是所有都要靠男人来完成，于是某些方面变得强势、变得专业，以至于有时候解决问题，是你带着他去，他参与就好。而这些事其实细想下来，即使是你在领导，他在参与，你也很开心，因为你明白，这些没有你不行，没有他更完不成，而他也从心里感谢你。你开玩笑说你们都是强者，强强联合，生活才会更有质量。

你们一起期待未来的生活，你说自己想要一套超棒的家庭影院，他说没问题啊。你们一起幻想未来，他的计划里有你，而你的计划里也有他。出去办事，平时生活，都坚持一荣俱荣、一损俱损原则。偶尔吵架，但是都能很快冷静，彼此耐心去解决问题。也会哭，但是每次一方哭了，另一个就会心疼，变得柔软起来，说"好了，都是我不对"，"这个是我错了，我不对"，也不再像年少的时候那样，只是为了道歉为了认错而认错，而是仔细想为何对方会这么难过，以后一定避免。

你说自己好想要一只大狗，他说能养个小的吗？你说小的太没劲了，大的才有意思。后来偶然的机会，你们真的养了一条狗。名字是你们一起起的，有着你们特有的意义。你做饭，他逗狗，他看着小狗一扭一扭地走过来，再看他，眉毛弯下来，嘴角上扬，一脸孩子气地蹲在地上说，真好玩。那一刻你感觉心都要化了，不是狗狗太萌，而是面前这个男人，总能让你很意外，突然觉得，原来这个大男生，骨子里，也有很小孩的一面。

他给你他能力范围内的所有，你也做到最大的包容。你跟他说你知道吗？我爱你的时候，想要给你写 N 多字的情书，而你惹我的时候，我又想要你写 N+M 多字的检讨。后来想想，爱情可不就是这副模样，纠结着爱与恨，伴随着笑声与泪水。

慢慢地融入彼此的生活圈子、朋友圈子、家庭圈子，你们非常确定，吵架是正常的，因为彼此相爱，所以吵架总也吵不散，但是也理智地告诉自己，为了不让对方难过，自己要有更多耐心，要更多去包容和忍让。

未来的路还远，生活压力很大，你们都不怕，因为你们坚信，在一起，没什么不能解决的。

我始终相信缘分，相信爱情，经历那么多之后，遇到一个人，反而会更加相信爱情，更加懂得珍惜。我和他说，其实爱人，就像家人，家人也有这样那样的缺点，有时候我们会生气，会讨厌，但是到最后，都会化解，因为那是家人。男女朋友也一样，成熟之后，相爱了，选择了彼此，就要对对方认真对待，即使有不满，也要说出来，让对方变得更好，而不是轻易放弃，因为这是未来的家人。经历那么多，现在终于遇到，就觉得，是不是上天的安排，让大家彼此分开，各自过之前的生活、走之前的路，经历之前所有种种，长大变成熟，然后穿越重重人海，与这个对的人，在对的时间，相拥，相爱。

/ 倾心蓝田

# 因为你在，
## 才有我最好的年华

Chapter 10

每个人都想趁海未枯、石未烂之前轰轰烈烈地爱一回；也请你，在最美好的年纪，或者趁有生之年，大胆地去爱一回吧，像懵懂青涩的初恋那般，朝着爱情勇往直前。


　　他们的爱情，穿越千山，渡过万水，历经考验方能修成正果，得以圆满。


　　当我们都以为网恋、异地恋不可能的时候，小会和阿宇近两年的网恋、异地恋重新诠释了这一点。小会说，等到阿宇工作稳定了，也许明年就跟他结婚。


　　小会和男朋友阿宇是通过微信漂流瓶认识。她记得自己正百无聊赖的时候发起一个漂流瓶，问有没有人喜欢看书并且喜欢听苏打绿的歌。刚扔出去没过多久，小会便收到回复，显示一个昵称为"阿宇"的人说他喜欢听苏打绿。而后，两人便加了QQ，有一搭没一搭地聊了起来。

聊天过程中，阿宇很健谈，即使天各一方也对女生嘘寒问暖，让小会觉得这样的男生还挺靠谱。他们聊了彼此的兴趣、爱好，聊了家乡，聊了想去的地方，也聊了对爱情的看法。后来，阿宇问小会老家是哪儿的，小会说她是江苏人，而阿宇是青岛人，目前在济南上班。小会认识阿宇的那一年，是2012年10月。

第一天的初次交流后，小会觉得这也许只是普通网友刚刚认识聊天客套往来罢了，不足挂齿，便忙于其他事情，有好几天都没有登QQ。因为小会是初中毕业，学历不高，但生活中却是正能量小姐，一直努力地变成更加美好、温暖的自己。不过当小会再一次登QQ时发现，阿宇给她发了三十多条信息，信息内容除了最开始的询问她怎么不上线外，其他都是早安晚安，以及阿宇对小会的生活提醒，这再次让小会觉得这个阿宇不一般。

小会看见阿宇三十多条留言的那一天，小会和阿宇接了视频，双方都对着视频傻笑，腼腆着没说话。当时阿宇要了小会的手机号码后就立马打电话给她。两人在电话里聊得很投缘，那时候，小会心中笃定了对阿宇的爱慕之意。当小会小女生心思随意乱猜的时候，阿宇在电话那头一字一句认真地说："小会，我喜欢你，等我工作稳定后娶你，好吗？"

小会当时想都没想，便答应了。

这人生道路，我们都会走很久很久，谁都无法预料下一秒会发生什么。每个人都想趁海未枯、石未烂之前，轰轰烈烈地爱一回；也请你，在最美好的年纪，或者趁有生之年，大胆地去爱一回吧，像懵懵青涩的初恋那般，朝着爱情勇往直前。

只是，每个人刚开始恋爱的时候，都倾其所有投入进去。有些人爱得异常火热，有些人爱得小心翼翼，有些人爱得惊天动地，有些人则爱得平平淡淡。于我而言，无论是友情还是爱情，细水长流的平淡是最好的。如若昌盛过后，结局是冷淡甚至陌路，那么刚开始时便不要造势得那么热烈。

其实小会和阿宇的爱情属于平平淡淡的类型。小会知道他和阿宇是网恋，对于未来想都没有想过。她当时想到最多的便是这样的恋情可能持续不了多久。

是，两个人匆促恋爱，或许是因为短暂的寂寞需要慰藉，等寂寞期过了，两人便会分道扬镳。然而令小会万万没有想到的是，阿宇不是那个给了她开始便没给结局的男人，阿宇对她的好让她开始黏上了阿宇，甚至离不开每天睡觉前和他打电话。

两人在一起后的每一天，都会聊彼此今日所见所闻，甚至有的时候，阿宇会直播做饭炒菜给小会看。他要让小会知道，他不是花花公子，更不可能把他俩的感情仅仅当作是网恋。阿宇要做的事情就是等有能力以及时机成熟的时候，跑到小会所在的城市，风风光光地让小会的爸妈知道，他阿宇是有上进心、努力刻苦的男人。

对于其他网恋、异地恋的男女来说，刚开始时会无话不说，但时间久了，则变得词穷，变得不知所措，开始怀疑这段感情是否正确。

因为爱情太过寻常，所以我们都抱着这一碗没有了还有下一碗的心态，故而肆意挥霍。但是，你别总猜想着陪你过柴米油盐酱醋茶日子的人到底是谁，你要记住身边有一个为你嘘寒问暖的人此刻正在陪伴你。

小会也想过她和阿宇这样谈恋爱到底值不值，在小会看来，这样的感情只是精神上的依靠，或者说是闲暇无聊时有人陪自己说话。小会想要更多的是夜半睡醒后，有人在旁边说"乖乖别怕，我在"；伤心难过时，有肩膀可以依靠；生病输液时，有人陪伴左右；下班后，两个人可以一起买菜做饭，散步看电影。因为这样的感情是具体存在，不会像网恋那般天各一方，很缥缈，犹如雾里看花、水中捞月，看得见，但摸不着，一触即碎。

还好，当小会觉得快要坚持不住看不见未来的时候，阿宇都带着她挺了过来。小会不喜欢阴天，所以阿宇会查询小会所在城市的天气预报，如果预报明日阴天，那么阿宇会讲故事给小会听。阿宇说，他就是小会的太阳，无论小会在哪儿，都有他温暖光明的照射；小会怕黑，所以每天晚上阿宇都会打电话给小会。阿宇对小会无微不至的付出，也得到了小会贴心入微的反馈。

他们就这样在网上聊着，周围朋友都劝他们好聚好散，因为大家知道这样的恋爱没结果。然而他们这一路还是挺了过来。

只是忽然有一次，小会突然对阿宇断了联系。

有好几天阿宇都联系不上小会，她的QQ下线，手机关机，微信既不回复信息也没更新动态，当时阿宇忐忑得很，他猜想小会到底是怎么了？如果说要分手的话至少会给他明示，但他们一直都好好的，如今怎么突然断了联系？阿宇想到了各种可能发生的意外。

无奈之下，他打电话给小会的妈妈才得知，小会在凌晨突然咳血，住院检查发现得了肺结核，全家人伤心难过。阿宇在电话里安慰小会的妈妈，并让小会的妈妈不要告诉小会的爸爸自己打过她电话，因为小会的爸爸反对小会和阿宇在一起，觉得不靠谱。

小会生病了，阿宇也焦躁难安。经过反复思考，他悄悄地从济南坐车到江苏找小会。他俩第一次见面的那天，是2013年的中秋节。

阿宇带了自己在济南时记录生活的日记本给小会看，小会感动得哭了，小会的妈妈也哭了。倒是小会的爸爸一直沉默着。两人见面后说了好长时间的话，后来小会的爸爸说要带着阿宇去找宾馆住宿便打断了他们说话。路上，小会的爸爸和阿宇交谈了很多，也是那一次，小会的爸爸接受了阿宇。

后来的三天时间，阿宇一直在医院陪着小会，那时候小会真正地感受到了一股大家庭的温暖。因为阿宇研究生读的是医学，所以他鼓励她，告诉她能战胜病魔。第四天的时候，阿宇回了济南。

阿宇走的时候对小会说："等我回来。"

她笑笑说，都等一年了，多等等也无妨。

之后的时间，阿宇又去了三次陪伴她。可是，阿宇的家人突然知道了小会生病这件事。他们家人阻拦，不准阿宇和小会再有任何往来。但阿宇不怕，阿宇告诉小会，他自己是学医的，他相信能治好。他说他不会在小会最需要关怀帮助的时候离她而去，小会就是那个可以陪他走过风风雨雨、看遍山山水水的女子。

经过一段时间的治疗，小会的病好了，身体逐渐康复。2014年5月，小会去青岛见了阿宇的父母，阿宇的父母也很喜欢她。如今，小会二十二岁，阿宇二十七岁，这一路上幸亏二人不离不弃，相扶相携，才战胜了千难万阻。

你看，他们从网恋开始到见面极少的异地恋都还在毫不犹豫地坚守着，你又有什么理由随随便便轻易地说不要一段感情？如今，他俩虽然是异地恋，但仍在坚守，仍在为两人梦寐以求的未来而努力。

唯愿岁月待她好，许她明媚，予她温暖，怜她坎坷，赠他们一世平安。

/沈善书

# 像我这样笨拙地去爱人

♥♥

Chapter 11

一个人的好，终究是要留给那些懂得你好的人才应该、才值得，否则你千辛万苦积累起来的掌中宝，终究要成为那个人眼里的一粒沙，容都容不得。


1


薛小志是在我盯着他看的第五秒钟开始喜欢上我的，那时我正是一个初出茅庐每天只想表现自己的绿茶婊。

其实在一整个所谓白衣飘飘的年代，我都只是个穿着大裤衩、抖着大粗腿吆五喝六的女屌丝。我后来开始飘飘的时候，别提了，我发现一个穿裙子的女人是根本无法和男人称兄道弟的。

那会儿我靠摊儿上卖的劣质女性杂志提升服装品位，靠英语考第一名来提升高端气质，靠三两个男孩子的表白来提高由内而外的虚荣心。上课时除了学习什么都做，走路时两只眼睛除了规规矩矩哪里都放。

他跟人疯闹，跑进我的视野。我以为是个同学，眼珠子随即撒过去，笑容紧跟着，直勾勾盯了他五秒。认错了人，我又面无愧色、若无其事地扭正了头从他身边走过去，勾着女同学。

他在原地站了一会儿，兀自在我身后跟了过来，跟到今天。

十六七岁的男孩子啊，在自尊心最强烈和最敏感的年纪，被一群浑身散发着奶味儿的少女这样盯着并从身边走过去，这是种挑衅，是让人无法忍受的，是要很久才能消化的。

那天起，每天上学或放学他都早早跑出来在我必经的路口。有时一不小心看我走过去了，他就迅速跑着绕一大圈再从我对面走过来，面带惊喜地对我说好巧哎，在这儿碰到你！接着顺理成章地走在我旁边。小学男生的把戏。

那时我正无知无耻，眼睛长在脑门子上，一点就炸的爆炭性子，他蔫了吧唧，三巴掌打不出个屁来，不吱声，就对你嘿嘿笑。我烦得要死。

2

人很有意思，永远不承认什么无缘无故没有来由的爱情，他们总先喜欢上一个人，再去摸索这人应该被爱的证据，好像这样自己就能光明正大并且心安理得似的。

从这一点上看，薛小志是个游离于许多人之外的人，情不知所起，亦不问所归，心心念念，又一往情深。

他不知道喜欢我哪里，就是喜欢呗，把一个人活活喜欢成神。

那个标本在那儿，他既不想让她过来，也不想自己过去，他就是无论如何一定要看到她在那里，好好的。

3

一整个高中，我谈恋爱他就消失，我分手他就再次出现。我不回家他给我送吃的，我买东西他自动付钱，拦也拦不住。

天冷他给我披衣服，我嫌恶心腻歪，一把拽下来，当众摔在地上，还得骂一句。他脸皮薄，气得鸟悄儿捶墙，不吼我一句。

每每他刚想表白，我就用话给岔过去。他就知道我的意思，再也不说。

高二分科，他跟着我选文，被他们一家给骂回来，去老师那儿改。他给我打电话，说对不起，我不能跟你选一样的。我心想，关我屁事。

那时我很贱，他给我打电话我就接，但我就是不说话，耗死你电话费。短信来，一看他名字，根本不看内容，本来不烦也来了烦，没脾气也来了脾气。

高三我内分泌失调，胖了很多，许多给我写过情书的男童鞋（同学）基本给我留下一句"你变了"就消失得无影踪。他没有，他像根本看不清楚，像根本看不到那些突然增加的肥肉，看不见我一副黯淡的衰脸似的，离我更近了，忍受着我随时会来的暴脾气和无时无刻地发神经。

他跟朋友们说，"无论如何，不管到什么时候，她永远是我心里的公主，是最纯洁，我最喜欢的女孩子"，这话从别人的舌尖传到我的耳朵里，让我莫名其妙，莫名其妙地记到今天。

世界上是有这种人，他喜欢你，不敢告诉你，就去告诉全世界，让全世界转达给你，让你躲也躲不掉。知道他喜欢我的同学们，都恨不得斥巨资给他立牌坊唱赞歌。

他家教甚严，这事儿不小心被他妈知道了，很怪罪我，给我发了几条信息，大意是说，现在他儿子正是关键的学习期，希望我不要继续跟他纠缠下去。

我没有回复。

她又想找我出来谈，我拒绝。

这事我没有跟他讲过。

当我不在乎一个人的时候，我不但不在乎他的爱，也不在乎他的恨，更不在乎他的误解或冤枉。

几天后他来跟我道歉，说他妈妈看到了他的短信误会了。我没有正眼看他，我说你最好去跟你妈解释清楚，谁在学习的关键期，谁要不要继续和谁纠缠下去，我很忙，没工夫跟什么人吃饭，没兴趣和什么人解释。他没说话。

在一个大家都广泛同情弱者的年代，我这样被人喜欢几年，却一副这种态度的人，在道德与同情心的制高点上是无分毫立锥之地的。幸亏我也不想做什么好人，不怕这个。

4

高三毕业那个夏天，他打电话给我，说上了大学很可能几年看不到，问可不可以出来吃个饭。哦，我才想起三年我没跟他在一起吃过饭。

可我还是不想去，心想：反正我再也不需要看到你了，没必要见，随口捏造了个理由搪塞。

他跟我说的是，很对不起，三年来一直烦你。

我突然心软，说没有。

他说谢谢你允许我一直在你身边，能看到你。

我说没有。

他说他决定复读了。

这句话突然勾起我的刻薄，我说那好好读书，祝福你。险些要说你妈不会还想再找我谈吧！

他发来一些感性的话，我看了，但忘记了。

大学、出国、恋爱、失恋，逐渐已经记不得这个人了，他偶尔会给我留言或评论，我没有回复过。

几年过去，知道我回国，他可来了精神，一定要见我。

5

"我们一起出去吃个饭吧……如果……那个……你有时间的话……"说这句话的时候，他很像鼓足了勇气才省略掉中间许多铺垫，勇敢地直奔着主题来了，又像是把中间该说的、原本计划好了的话都给忘了，索性直接结了尾。说完他又有点后悔，又有点期待，站在那儿也不知道该把眼睛、嘴脸、手脚都往哪儿放了，表情时而决绝地像早已做好等待宣判的准备，时而又崩塌下来。

唉，是这一瞬间突然让我有了恻隐之心，因为想起了那个让我同样脸红心跳和手足无措的，拉起我的手，又甩开了它的男人。

好吧，我虽心理上不十分情愿，然而毕竟不是高中时代那个不知天高地厚、大意又嚣张的小姑娘了，对他，心里就算没有爱应该也有点情，没有情也有点义了吧。

多年不离不弃，在女人心里，简直可以算没有功劳也有苦劳的大忠臣了。如果再拒绝，未免太矫情，太小家子气，太没见过世面和太不上道儿了，总之，我装出一副深明大义的样子，打算好好地跟他叙叙旧。

约会那天我决定荤素搭配，说实话也不是没起一点波澜，想到一个人会为自己的精心打扮而脸红心跳，而不知所措，而产生一些微妙的化学反应，简直刺激得爆表了。

不知道这是不是所有女人都有的小心思，穿着漂亮，多少想要一些赞赏，不负她努力锻炼的身材和精心搭配的头脑，不辜负她要让人知道她是个地道的女人。

6

确实几年没见了。

看我从家里走出来，他的眼睛来回闪烁，亮得像星星，深得像湖泊，感情充沛得实在让我不忍直视。我没有那样的感情，眼神里的空白实在配不上人家那一汪春水。

半晌也没人说话，大概两人脑袋中都正放着高中三年的纪录片吧。

这么多年过去，他每次看我，都还像第一次看我。问我要吃什么，我说火锅。

7

理论上真正的男女约会是不该吃火锅的。火锅太家常，太老夫老妻，吃完后整个人从服装配饰到身体发肤，全是火锅味儿，好容易收集起的那点女人味儿在火锅店里基本全部消失殆尽，搞不好还要溅身上油点子，搞不好牙上还会塞菜叶，搞不好满嘴都是酱料，不够小资和浪漫，不够魅力和风情。

可它好吃实惠，老少皆宜，热情痛快，自在温馨。我这种吃货，不管穿什么衣服、拎什么包、面对着什么男人，在做选择时，永远以肚子为先。

其实薛小志好歹也是独生公子，好歹也算一表人才，可他一在我跟前就总将自己自动调成奴才模式，拦都拦不住。有他在，我只管饭来张口、衣来伸手，嚣张到连走路都不需要长眼睛，好像踩了块儿石头也是他的错。

走到桌子旁边儿他就给我拉椅子，我一坐下他就惦记着给我置办餐具，看看空调温度够不够适中啊，冷不冷、热不热啊，周围有没有人吸烟啊，把菜单拿到我跟前，根据我的眼神指示他给我翻页数。

女人啊，遇见一个男人的头几秒钟，就立刻知道这男人她能不能欺负。

这实在不符合纲常伦理、道德规范，可是对不起，爱情它就是这么个东西，它自成一派体系，自有一套规矩，有时甚至还让你爱上你讨厌的人，它让世间多少红男绿女都要对其三跪九叩，顶礼膜拜，不得不遵守。

爱情的规矩是什么呢？就是反抗世间一切规矩。它是这个钢铁世界里最忠实的反叛者。

透过火锅徐徐袅袅的白汽我看着眼前这个熟悉了多少年也烦了多少年的一成不变的温柔的脸，说不清究竟是什么东西让我心里暖乎乎的，是火锅呢，还是火锅对面坐着的这个男孩？我心想，确实是好，这就算一个王八壳它也该融化了吧。

但每每这时候，他就非得做出一些能逼出我身上的糟粕的事。

比如他会当着我的面划开手机翻到"我的日志"一目十行地快速阅览，这对我来说很冒犯。

有时我想说你不知道我每一个字是怎么写出来的，哭着还是笑着，花了多长时间？而你现在在我对面一目十行地浏览它们，似笑非笑，一副"朕已阅"的态度……

比如他会给我买让我匪夷所思的零食，果丹皮？果脯？野酸梅？他把东西往桌上一放，我问他那是什么，他看着那些东西时的表情，无辜到像完全不知情。

这一点不是装出来的，他有时真的会被我吓蒙而完全不知道该拿什么。

紧张的时候他就在桌子底下搓手，像被叫到校长办公室的小朋友，很少说话。我觉得没劲。

人一没劲，就只好把注意力放在吃的上面。我丝毫不客气，荤的、素的、天上飞的、地上跑的、水里游的，像个吃人不吐骨头的女妖精，像宰敌人。他不说也不吃，只看着我，突然来那么一句："你看你，永远活得这么潇洒，活得旁若无人的，你的生活……你自由的状态真是我羡慕和不能比的。"

没头没尾地来了这么几句官话，差点没把我噎死。

他用深情注视着我的狼吞虎咽，问了我为什么想到出国，说远得有点够不着，又说佩服我的勇气和魄力，配合着他那有点忧郁和迷离的眼神，这不搭调的气氛和如此深情明媚的告白真让我有点接受不了，早知道要来这番追忆似水年华的套路，我当初怎么不选那些配得上这么文艺范儿的西餐厅呢？

我也想弄出些火树银花亦真亦幻的诗出来配合他，可在吃的面前，还是让文艺乖乖去死吧。

我必须奋不顾身与食物为伍，誓用粗糙打败一切细腻。于是之后我们就说了些理科生的账号密码和斐波那契数列之间的关系，欧洲的文化，以及世界政治经济的格局之类的，一顿饭才算吃下来。

8

吃过饭，一起回到昔日的高中。

我在前面，昂首挺胸，怡然自得，啪嗒啪嗒踏着令人叹为观止的小碎步，声音里就带着示威，皇太后做派；他像个小学生，走在我身后，拎包，拿水，随时接过我吃过喝过的水瓶或包装袋。

永远记得替我买水，永远先把瓶盖拧松。对于这些，以前娄晓云她们就总说我："差不多得了你。"

到这儿我算彻底看清了，不管你是什么门第出身，贫穷还是卑贱，在喜欢你的人面前、眼睛里、心里，你永远是最高贵的，或者说，他永远要让你这样高贵着，什么公主还是圣母皇太后都不为过。而我知道，一个女人敢任性到这种惨绝人寰的程度，仅仅是因为她有一个毫无底线地宠着她的男人罢了。是他赋予了我恣意妄为的底气。

我突然回身问他是不是对他女朋友也这样，吓了他一大跳。是的，他是有女朋友的，大二一口气谈了两个，都是倒追，不咸不淡。

他很紧张，好像自己杀人灭口、奸淫掳掠了似的，不敢看我，脸上却带着点难以掩饰的骄傲，不好意思地笑着说："她总说我不关心人，不够体贴……她对我才要这个样子……"

我一愣："所以你不会像现在这样很自然接过女朋友手里的垃圾袋扔进垃圾桶里？"

他磕磕巴巴的："没……没那个习惯啊！"过了一会儿又说："在你面前好像就是习惯了，也不用想什么，一直就这样，习惯性的。"

"你这男朋友当得不合格啊！"我说。

"她知道，她知道我心里有个人……"我看到他说这句话的时候低了下头，又望了望远方。

于是我就想，什么样的女人能明知男朋友心里住着另一个女人还继续跟他在一起？

什么样的男人又值得一个女人这样做？

以及，什么样的人可以一直把另一个人装在心里？

想很久，我想我比他更清楚，忘不了，不因为我好，只是我恰好瞎猫撞上了死耗子，恰好撞进并占据了他的一整个青春。

一个男人舍得忘记自己最美好、最真挚的六七年青春吗？当然舍不得。

有时我们所认为的忘不了一个人，其实都是舍不得忘记自己的一段曼妙青春而已。若是将主角换成其他什么人也是一样的，一样刻骨，一样铭心，没那么高尚，无非是借助另一个人的肉身来将自己的回忆填充完整，以备在适当之时恰如其分地拿出来下酒而已。

9

一起回到以前的班级，可笑，当年那些欺负人的门卫如今看到两个这样的人进来都假装看不到。

"那会儿你就坐这个位置。"他兀自嘀咕，也不看我，分不清那是对我说还是对回忆里的那个她说的。

他说这句话的时候，我一只手在空气里挥着，像驱赶什么烟雾似的："过去的事儿了，谁还记得呀！"我不想让回忆聚成团儿再来侵略我，我不是一个活在过去里的女人。

这让他有点沮丧，神情有点复杂，他说可他还记得。

"可我还记得。"说这话时他也不看我，像是对风说的。只是我怎么感觉怎么像他撒过来一把甩刀唰地扎进我肉里。

还不够，他又接着说那时总站在哪个位置偷着看我，指着窗户底下那条开满野花的小路，说以前下课我是怎么从这里一路小跑过去，到对面那个小卖铺去买什么……

"你那时吃麻辣烫使劲儿放醋。"

"你那时不怎么喝奶茶。"

"你那时最爱吃的是这种糖……"

我打断他，说要去操场上喘口气。

10

他跟着我出来。风吹得我心里平静一些的时候，他的电话响了，我故意走远一点，想让他更自在。

不知那边在说什么，不知是谁打来的，只是走着走着，我除了听到风声，还突然听见他大喊了起来，是对着操场和天空大声喊起来。

他是这样喊的，那声音和语调我一直记得清楚，他说："我正在跟我喜欢了六七年的女孩走在一起呢！啊！是啊，我喜欢了一整个青春的女孩啊！我俩正在高中操场上走着哪！"我看到他一边喊一边开心得跳起来，像个得到了糖果的小孩子。

我在远处看他，那会儿正是黄昏，他的头发在夕阳下变得很好看。那个瞬间我突然感觉身边好像哗啦啦挤满了密密麻麻大声叫嚷的同学，勾肩搭背疯疯闹闹，压力山大却朝气蓬勃，正研究着今晚要去吃学校食堂还是去外面吃麻辣烫。一个恍惚，立即回过神儿来。

如今这头上的阳光与身边的风都好像没变，身后的他也没变，可操场上除了他只有我一个人，是什么变了？

这时校门口突然走进来一些新入学军训的小孩子，长那么小。高一时我们有那么小吗？

真不敢相信，初中升高中时以为自己从此长大了，那个暑假偷着跑到高中校门口看到衣着时尚的高中姐姐们都觉得既羡慕又恐惧，心跳莫名地快，那感觉我到现在还记得清晰。

现在回头看，竟然像小孩子！

真是很多年过去了啊，你不看到比你更小的孩子就永远意识不到自己正在成熟，或衰老。

那些自以为已经长大了的小孩子穿着迷彩服从我面前蹦蹦走过时，我心里忍不住蹦出一些句子，每个人的青春，不管后来你觉得它多么荒谬，多么愚蠢，多么不可理喻，多么丢人现眼，若干年后当你再次如穿越般回到青春的作案现场时，你会发现，那带着腥味的，愚不可及的，自以为是的，不甘屈辱的一切，都能轻而易举唤醒你沉寂许久的泪腺，逼得你不能免俗地问自己一句，如果一切可以重来……

生活里没有如果。

11

那个黄昏很迅速就变成了傍晚，贪凉的人们很快就涌了上来。

我们俩去了所有以前常去的店，买了所有曾经喜欢的东西，走了好几条那时闹过的街。

每个人对于曾经，或犯贱地说，每个人对于失去的东西，都有些贪恋或痴念吧，他陪我，或说我陪他，有意无意地重新走了一次。

在每个熟悉的地点都看到许多跟那时的我们一样的，比现在的我们年轻很多的男女生，正做着那时我们做过的事，心里正揣着那时我们也有过的兴奋和慌张，年轻的，嚣张的，善良的，恐惧的。

你不用问，不用看，你往他们中间一站，什么都懂。

我于是穿过层层人群，穿过热闹喧嚣，又穿过街灯映照下的烟雾缭绕，一回头，他正抱着一大堆东西费力地走在我身后，满头汗。

突然想，会不会有很多人认为薛小志是个大傻瓜、二百五、缺根筋，会不会有好多哥们儿这样劝他谁年轻的时候没爱上过几个婊子……

我不能允许这种事发生，我是说，我不能让他的青春因我的存在而变成了一坨狗屎。我怎么被人骂，不在乎，但我不能让坚持喜欢我的男孩子因为爱上我这样的"婊子"而被大家说成是傻 ×。

但我能做什么呢？我想，当一个人爱你，而你不能许给他一个未来时，你就好好努力，做一个好好的人，让他在每次想起你的时候都觉得并没辜负自己的青春,让他的哥们儿都能说上一句:"哎哟,你小子那时可真有眼光啊!"

12

复读一年后,他以六百多分的成绩去了某理工大学,说明智商不低啊!只是人生和人性里的全部笨拙,都给了一个并不知道珍惜的我吧。

他是一个好男孩,可惜没有遇到那个有一天终将活到懂得那种好的我。

一个人的好,终究是要留给那些懂得你好的人才应该、才值得,否则你千辛万苦积累起来的掌中宝,终究要成为那个人眼里的一粒沙,容都容不得。

我看着他,像几年前第一次看着他那样。在和他认识的八年里,我只有两次这样认真地看过他。突然产生了一种共情,不管他是怎样的条件,如何笨拙地来爱我,茫茫人海之中,毕竟,他没有选择别人,毕竟,走在我身后,和我同样穿过人群的他,还是只看着我。

13

爱上一个完全陌生的人是件多么奇妙的事,你真不知道老天爷就会在什么转角或什么小店以什么样的方式给你安排了什么注定要遇上的人。这些人正中你的下怀，让你感觉这残忍的世界果真没辜负你的耐心和等待。

风里雨里走过，你曾固执地举很久的伞，你曾倔强地在雨中徘徊，你总天真地希望能等到一个人，一个愿与你共同撑伞回家的人。有的人等来了，有的人没有。

我问他后不后悔，他一愣后悔什么？这是我的选择，是我的幸运，没有牺牲，甚至都没有故意取悦。

很多人曾对我说在一起吧，还求什么？

我想，爱情这个东西，它跟多长时间、在不在一起没有什么关系，爱情有时只是，穿过茫茫人海，他突然凝视你的那三秒钟。

这故事没有结局，一切跟爱有关的故事，都没有结局。人生的结局殊途同归，而人只要活着，就不会结束爱。

曾有部电影，看时我只笑，也不懂缘何它可以触动那么多人。

那天晚上，在他脱口而出那句话的那一刻，我才知道答案，不管是柯景腾还是沈佳宜，不管是你还是我，不管我们贫穷还是富有，卑贱抑或高贵，不管我们是什么身份，在哪里，做什么工作，有一点是一样的，就是在那些年，在我们生命里的某个时刻，我们都曾有过如此笨拙地去爱一个人。

/ 仇小丫

# 有没有想过这辈子
# 不结婚了怎么办?

❤️

## Chapter 12

我们中的很多人一辈子都不会遇见梦想的真爱。只会因为害怕孤独地死去而选择随便找个人，互相饲养。


1


我有个学生——G阿姨，退休多年，年近六十，因为喜欢村上春树，为了能看懂日文原著而学日语。

G阿姨看上去很年轻，一点儿不像那个年纪的人，娴雅干净，温润清新。

G阿姨以前是市图书馆管理员，常年埋首书海，身上有种很强烈的文艺气质。

她常穿着素雅而清新的格子衬衫或花纹长裙，不化妆，但是气色很好，皮肤白皙红润。说话动作都是轻柔含蓄的，经常带着微微的笑意，总是让人感到温暖和煦。可见年轻时候必是个落落脱俗的清新姑娘。

从同事口里听说 G 阿姨至今没有结过婚，没有孩子，没有家庭，始终一个人。

她学舞蹈，学日语，看书写作，经常独自旅行，享受着一个人的生活。

我在脑海中擅自描绘出这样一个年轻时候的 G 阿姨：孤高冷清，沉迷于自己的文学世界，不会也不愿意跟太多人打交道，也曾有过几个不错的选择对象，但最后总是分道扬镳。家人不安，亲人闲言碎语，她便愈加抵抗这个世界，于是躲在图书馆的文字天堂里。

二十岁，总是心存美好，想象着那位牵手共度一生的灵魂伴侣的样子，书籍里，电影中，各种美好的品质都加在了那位还没出现的对象身上。

三十岁，开始怀疑自己的坚持，开始害怕见到亲朋好友，开始想要妥协，开始试着和自己并不喜欢的人交往，就好像写不出试卷答案的学生，只能硬着头皮填下答案交卷，最后发现还是无法说服自己。

四十岁，好像过了一生一次的考试报名时间，突然有些释然，虽也有些无奈和悲伤，却开始说服自己，即使不结婚，自己也可以度过平静而简单的一生。

五十岁，心不再有波动，开始明白一个人也可以过得很好，开始微笑着对待身边的人，开始感受一朵花从种子到盛开的过程，开始养一只温顺的小猫，放在膝盖上，静静看书度过一个人的周末……

也许有人会觉得G阿姨很可怜，孤苦无依，独自承担生活的辛苦。但所有同事和学生都觉得G阿姨很幸福，那种幸福来自她内心的安宁与知足。

六十岁的G阿姨，已经看得懂日语，会跳肚皮舞，练瑜伽，走过许多美丽的地方。

如平行空间中选择了凑合结婚的G阿姨，也许一脸沧桑，淹没在家务和孩子的琐事中，满腹的抱怨。

杜尚说：一个人的生活不必负担太重，不必做太多的事，不必一定要有妻子、孩子、车子、房子。有这些不一定幸福，没有这些也不一定不幸，关键在于你要什么样的生活。

人生只有一次，自己都活不明白，你无法评判他人的选择。

2

留学的时候，我惊诧于日本人结婚率之低以及退休之后离婚率之高。

当时我住在一片老人居住区，发现周围的老人几乎都是独居，但都乐于享受自己的小生活，聚会，喝酒，浇花，养狗。

在图书馆看到一个调查数据，日本六十岁以上的老人近五分之一是单身（从未结婚），这说明每五个日本老人中就有一个是一直单身。同时，退休后因为受不了老公的各种习惯、从前忍气吞声的妇女提出离婚的数量也在不断增加。

近年来，日本年轻人的结婚率也是逐年打破历史最低，引起了广泛的社会关注。比如热门影视剧《不能结婚的男人》《不结婚》《无法恋爱的理由》等，争相热播。

而在高速发展的中国各大中城市，这个现象也是或早或晚的事，回看身边的人，是不是发现小学、初中同学结婚的比较多，而大学、研究生的同学，以及公司差不多年纪的同事结婚的较少？

所以不用抱着侥幸的心理说我总会遇到那个命中注定的人，《金三顺》什么的那是编剧编出来骗收视率的……一生不结婚这种可能极有可能降临到你我这一代头上。

我并不想探讨这些问题背后复杂的社会问题，也承担不起。因为我自己有种很强烈的不会结婚的预感，所以不得不思考一下，如果不结婚会怎么样，如果不结婚又该怎么办？

我的教授关口老师因为担心对方受不了自己奇怪的个性，以及想全身心投入研究更有趣的学术问题而选择不婚，他的时间不是在研究室，就是在田野调查。这是典型的事业痴迷型，也就是说娶了事业。

我的姐姐，小有名气的室内设计师，自己有车、有房，容貌清丽中等。她看上的都已婚，看上她的她都看不上，在焦急和不断的失望中度过每年的生日，只有我一直陪伴。

某个做淘宝的朋友，因为丈夫在外面包养小三愤而分手，至今不再相信婚姻和男人。反正结婚了你也要出轨，反正最后还是要离……

我的禅学师傅，经营一家佛具小店，三十六岁，生活始终在小康水平。他曾经炽热追求过心爱的人，但在与对方谈婚论嫁时，还是因为自己的寒酸而被对方父母反对，他也很识趣地放手，从此抄经学佛，长夜孤灯。

......

当然，不婚还有各种各样的理由和难言之隐。

各种不同的道路，却都面临了同样的十字路口：没有婚姻的生活。

3

在人生这个学校中，婚姻似乎是一个默认的暑假作业，只有做完了，才能进入人生新的学期。

有些人一早就做好了准备，早早完成。

有些人拖拖拉拉，到了最后敷衍完成。

还有些人忙着精彩的暑假生活，直到别人提醒他作业做了吗，才痛苦地想起来。

我看过了太多婚姻的悲剧，当然也见过美好的家庭。只想说，其实幸福本身，和婚姻并没有必然联系。为了嫁而嫁是很容易嫁掉的，为了娶而娶的人更是心安理得。不懂给人幸福的人，即使结了婚，依然自私得可怕；而温暖善良的人有时候给不了你红地毯的承诺，却在每天清晨给你最真诚的笑容和依靠。

这辈子不结婚了怎么办？

我们中的很多人一辈子都不会遇见梦想中的真爱，只会因为害怕孤独地死去而选择随便找个人，互相饲养。

我看着满屋子的书籍，刚写完开头的手稿，墙上贴着朋友们从世界各地寄来的明信片，忽然也不是那么害怕了……

"对成功者而言，能够抛弃无用的东西是必须具备的能力。忙碌的人忙于任何事情，除了生活。"——古罗马悲剧家塞内加

所以，你想好了不结婚的你该怎么办了吗？

/ 小岩井

# 山高海又深

♥♡

Chapter 13

生命如同渡过汪洋大海，而你是上帝派来拯救我的那一艘船。


　　杨瑞捷迷迷糊糊地睁开眼，伸出手在床头柜摸索到手机，按亮，凌晨四点。她把手机放回去，皱着眉翻了一个身，手机的光微弱地笼罩在房间里，安静得只听得到自己的呼吸声。

　　北京还睡着，她却醒了。

　　她口干舌燥又揣着蒙眬的睡意，在半梦半醒之间实在难受极了。

　　她最后还是起身打开灯，眯着眼去客厅接了一杯水，饮水机"咕噜咕噜"地响了几声。她端着那杯水坐在床头喝完，躺下后却彻底睡意全无了。

明天对杨瑞捷来说是个大日子。

她要见前男友。

杨瑞捷的前男友叫赵阳。

他是她的学长，高她一届。两个人在大学恋爱了三年，之后赵阳到北京闯荡，杨瑞捷一年以后毕业，也跟随赵阳到了北京。

赵阳在北京住的是地下室，环境极差，拥挤又潮湿。杨瑞捷没有找到跟本专业对口的工作，在一家公司做电话营销，因业绩不好老挨骂。后来在她的坚持下，他们搬出了地下室，找了一个有暖气的房子。但是在北京这座灯火通明却照不透人心的城市，两个人的争吵越来越多。在一次吵完架以后，第二天早上醒来的杨瑞捷发现赵阳已经离开了。他连夜打包了自己的东西，一个字条都没有留就消失了。

他再也没回来过。

距离上一次见面，已经四年了。

飞机在跑道上停稳以后，杨瑞捷抬手看了一下表，正好是午饭时间。她去洗手间补了补妆，整理了一下发型。因为在飞机上她一点儿都没把头靠着坐垫，所以发型还是早上从造型店出来时候的样子。

到出口的时候，她戴上墨镜快速打量着等在出口的人群，心跳也加快了。她调整呼吸，努力让自己看起来很镇定。

环视了一圈，没有赵阳。

等托运的行李运出来的时候，她怀着一丝侥幸，从左到右，仔仔细细打量着那些望眼欲穿等待的人。那些人里，没有赵阳。

她松了一口气，却没办法藏住失望在心里的翻涌。

反正我也没叫他来。她这么安慰着自己，拉着行李箱往出口走，突然被人从后面喊住。

"那个，不好意思，请问您是杨女士吗？"

杨瑞捷的心跳又快了一拍，她停下脚步，摘下墨镜打量着对方。

"杨瑞捷女士？"对面的男人又问了一次。

她轻轻点了点头。

"是这样的，虽然您说您不用人接，但是公司还是让我来接您。"

对方说。

她微笑着，手放开行李箱的拉杆，歪了歪头，意思是"劳驾"。

对方赶紧提上行李箱，带着她走出机场。

在车上，她一句话都没有说。只是一只手靠着车窗，微微撑着头，看着窗外不停向后移动的风景。

"之前见过您的照片，想着您的职位，以为是您以前的照片。没想到您本人就这么年轻。"来接她的小伙子把着方向盘，冲她一笑。

她微微一笑说谢谢！

"第一次来青岛吗？"

"之前来过一次，不过是好多年前了。"

"变化大吗？"

杨瑞捷想了一下："其实我也不大记得原来的样子了。"

杨瑞捷第一次来青岛的时候还在念大学。

.

放假的时候，杨瑞捷和赵阳各自回家了。她和赵阳因为一件小事吵了起来，针尖对麦芒。她买了当天飞青岛的机票，到的时候已经是凌晨三点了。赵阳的家乡没有机场，和青岛隔了几个小时的车程，她就在路边拦了一辆出租车，连夜赶往那个城市。

当时她也像现在这样，用手撑着头，让夜风吹干她的眼泪。

司机说："小姑娘，你怎么赶这么急，这么晚了就在青岛住一晚啊，明天再去呗。"

杨瑞捷摇了摇头："我要挽救我的爱情。"

一见到赵阳，杨瑞捷像往常争吵后一样，拥抱着赵阳诉说委屈，然后他再哄哄她，两个人又和好如初。

而后来在北京，赵阳收拾东西离开的那次，杨瑞捷只是很平静地打包了他没有带走的东西放在门口。她联系房东换了一把锁，把赵阳彻彻底底地锁在了自己的生活外。

她这一回已经不需要再挽回。

她已经没有可以再挽回修补的爱情。

杨瑞捷和赵阳约了吃晚饭。

她故意迟到了几分钟。

踩着高跟鞋进店，然后她看到了四年未见的赵阳。

她愣了一下，坐在了赵阳的对面，直着身子放下了手机和包包。

赵阳抬起头，看见她马上放下了手机，说"你来了！"

她点头，"等很久了吗？"

赵阳说："没，我刚刚到。"

赵阳的身上有很明显的岁月的痕迹，他胖了一些，戴着一副眼镜，穿着西装和衬衫也能隐约看见啤酒肚，头发剪得很短。不知道是太久未见还是他变化太大，杨瑞捷盯了他几秒钟，又匆匆转开视线，刚刚还无比紧张的心情突然一下就放松了下来。

她稍微倾斜了一点儿，以一个稍微舒服的姿势往椅子上靠了靠。

"四年了吧？"

赵阳问："什么？"

她微微偏头，做出回忆的样子："距离咱们俩分手，也就是上一次见面，你打包行李一声不吭地离开北京，已经四年了吧？"

赵阳皱了皱眉，喝了一口水，艰难地点了点头："嗯，四年了。"

"毕业以后，我本来想回家，家里给我找了很好的工作。但是你说你想留在北京奋斗，就把我也忽悠到北京，结果却丢下我一个人跑了。我在北京又没什么亲戚，人生地不熟的，你还真做得出来。"

赵阳把眼睛看向别处，说道："对不起！"

杨瑞捷大大方方地看向他："没事儿，塞翁失马嘛。要不是你，我压根儿就不会去北京，现在可能已经回老家那边儿，找了个差不多能养活自己的工作，浑浑噩噩过日子吧。所以这些事儿谁说得准呢，对吧？"

赵阳努力扯起嘴角笑了一下："你过得好吗？"

她咬了咬铅笔头问："你觉得我是什么？"

"什么？"赵阳一下子没反应过来

"你觉得我是什么？用什么形容我合适？"她晃了晃手中的本子。

赵阳思考了一下，说："一条船吧。"

"为什么是一条船？船多丑啊！"

赵阳摸摸她的头发笑道："陪我一起看电影我就告诉你。"

杨瑞捷偏过头赌气不看，没劲……

杨瑞捷咬了咬嘴唇，把回忆收回来，看着坐在面前的这个赵阳，她告诉自己，又在同一个屋檐下，又坐在了同一张桌子上，但彼此的关系已经是咫尺天涯。

"还是很爱看电影吗？"杨瑞捷问。

"嗯。"赵阳点头，"反正也没有别的爱好。"

"所以，现在这个身材是闲出来的？"

赵阳笑了笑，拍了拍肚子："很明显吗？"

"还好，四五个月还是有吧。"

"哈哈，都说中年发福，我这还没到中年呢，就开始发福了，挡都挡不住。我也做运动啊什么的，以前多瘦啊。"

"你以前也没有很瘦。"

"跟你比那肯定。"赵阳停了一下，打量了一下她，"你以前就挺瘦的，现在更瘦了。"

"是吧？以前跟你在一起那会儿，从来没想过要减肥，就觉得挺好的。可是单身了就不一样啊，我是为全世界单身男性而美的。再说了，我也不能好不容易买得起漂亮衣服了，自己却塞不进去吧，更何况我自己做的衣服越卖越贵。"

"你现在还做衣服吗？"

"嗯，做啊。我偶尔会突发奇想画几个版型交给他们做，我今天穿这件就是自己做的。"杨瑞捷挺胸抬背，理了理衣服的领子，问，"好看吗？"

赵阳点了点头："不错。"

她得意："那当然。"

"反正你能做自己喜欢的事，就挺好的。"赵阳说。

杨瑞捷刚到北京那会儿，做的是电话营销。

她投过不少服装设计的简历，但总是石沉大海，为了能在北京活下来，她就先做了电话营销。虽然底薪少，但是有提成。她每天坐在小小的格子间，拿起电话挨个筛选拨号的时候，真是绝望极了，不知道这样的日子什么时候才是尽头。

她大概能够明白那些含泪离开北京的人。

这座城市太残酷，它伤了太多人的心。

那一天，她实在是倒霉极了，打的第一通电话，对方就把她骂了个狗血淋头。她还得赔着笑说："不好意思女士，打扰您了。"而坏运气似乎会传染，这一天她打的电话里，能够安安心心地听她讲完开场白的人是寥寥无几。开会时主管点名批评了她，她是上个月业绩最差的人。大家纷纷转过头来看着她，她像是被人扒光了一样站在聚光灯下，觉得羞耻像血液一样流遍了全身，然后延伸到每一根头发。

下班的路上，她打开微博想发一条抱怨的微博，看到朋友在海岛的照片，她问："在海南吗？"

朋友回："塞舌尔。"

她上网搜了一下，印度洋的一个群岛，没有冬天。北京飞那个地方的来回机票要三万多，相当于她一年的工资。她攥着手机，在人挤人的吵吵嚷嚷的公交车里，活动了一下已经站到酸痛不已的脚。

　　那天晚上回家之后，她跟赵阳说，她要辞职。

　　不久以后，她去公司打包了自己所有的东西，抱着箱子在路边等公交。

　　她辞职以后，每天把自己关在家里画样稿，还买回来一台缝纫机裁剪着各种布料。一家公司接着一家公司面试，跟服装无关的专业完全不考虑。她就这样，虽然看不到希望，但是仍拖着步子不停地走着。

　　然后就走到了现在。

　　和赵阳像老朋友一样聊了一会儿，氛围不错，她低头抬起手腕看了一下表，说："也说了这么多了，吃点什么吧。"

　　赵阳点头，招呼服务生拿菜单。

　　杨瑞捷翻着菜单期间，赵阳的电话响了。她瞥了一眼，来电显示上的名字是"老婆"。

她假装若无其事地点单，却竖起耳朵听着赵阳的动静。赵阳声音温柔地说着："嗯，一会儿就回去，不用等我。我今天跟朋友在外面吃，那你给它好好洗个澡，要是你嫌麻烦的话就等我回来。"

赵阳挂了电话一笑，问："点好了吗？"

她翻着菜单，"还没呢，女朋友的电话啊？"

"嗯。"赵阳点了点头，"问我回不回去吃晚饭。"

杨瑞捷的手不知不觉捏成了一个拳头，指甲深深地陷进掌心的肉里，却一点儿都感觉不到疼。她看着菜单都没有抬头："我都不知道你有女朋友了。"

赵阳说："朋友介绍认识的，准备年底结婚了。"

"那是给谁洗个澡啊？未婚先孕？"杨瑞捷努力装出戏谑的样子笑道。

赵阳抓了抓头发："我们养了一条狗，最近老掉毛。而且它可皮了，每天牵它出去遛都搞一身泥。"

杨瑞捷的心像是开了一个大洞，"呼呼"的风灌了进来，几乎都要把心脏冻得裂开了。

她上次感觉心脏都空了的时候，是四年前。

她从公司辞职以后，和赵阳的话越来越少，争吵却越来越多。

生活的矛盾压得两个人喘不过气，她通常画样稿画到半夜，然后匆匆洗漱倒头就睡。赵阳下班回家，偶尔给她做点儿吃的，想跟她讲话，她却一言不发地忙着自己的事情，他也就只好悻悻地去睡觉了。

她实在太累，累到连开口讲话的力气都没有，但是又见缝插针地找理由和赵阳吵架。比如样稿被弄皱了，比如碗没洗干净，比如屋顶又漏水了，她都能喋喋不休地找赵阳吵上半个小时。又一次争吵的时候，她歇斯底里地吼着赵阳，然后回到桌子旁边边抹泪边画。

过了几天，有一天早上醒来的时候，赵阳已经走了。屋子里空空荡荡只剩下她和她的一堆画稿，像是他从来没有在这里生活过。

杨瑞捷没有走。她人生中第一次明白了什么叫家徒四壁，住地下室的时候她都没有想到这词，而现在她觉得她就是。

把自己关了几天之后，她找到了一份工作，却发现银行卡里只剩下一百多块钱，她不敢给父母打电话。怕浪费，她连粥都不自己开火熬。每天买两个包子，上午吃一个，下午吃一个，饿的时候就大口大口地喝水。上班都提前一个多小时起床走路，却还是花光了取出来的一百块钱。她在银行排了一个多小时的队，在一堆取几十万元的人中间，把银行卡给工作人员，说把里面的三十三块钱全部取出来。

说完这句，她转过眼睛不敢看工作人员，仿佛对方不管是什么表情，都是对她的嘲笑。

她拿到那三十三块钱，咬咬牙还是没有买一碗面，只是咽咽口水去旁边买了一个馒头，一进楼梯口就开始狼吞虎咽。

晚上听到窸窸窣窣的声音，刚刚躺到床上的她突然惊醒了。打开灯，看见是一只老鼠从房间这头窜到那头，吓得她直喊"赵阳"，喊了一声后她突然想起来赵阳已经走了。她坐在床上大口喘着粗气，却不敢挪动半步。那个时候的她，就像是心被打了一个洞，所有的风霜雨雪，都呼啦啦地灌了进来。

她抬起头，看着满脸幸福的赵阳，说："如果咱们俩没分手的话，现在也该结婚了吧。"

赵阳抿了抿嘴说:"都分手了,就别说这些了,你不是过得挺好的吗?"

她把拿着的杯子重重地一放:"对,赵阳,我过得好,我过得真的挺好的。北京哪儿有好吃的,哪个酒吧好玩儿,我都知道。我每次一回家所有亲戚的重点都在我身上,我在公司摆个脸色下属连话都不敢说一句。我从在北京人生地不熟到有了一堆朋友,你说好不好?但是,赵阳我告诉你,我好跟你没有半毛钱关系。你自己想想你为我做过什么?你除了把我骗到北京,再把我一个人丢在北京,你为我做过什么?你一走了之,你轻松了,你解脱了,你万事大吉了。那我呢,我死在北京你都不知道吧?"

赵阳刚刚开口说了一个"我"字,杨瑞捷便伸手打断他的话。

"你不用说什么对不起。我也不是什么高尚的人,我今儿之所以跟你见这一面,为的就是炫耀,为的就是嘲笑。你没我厉害,你没我混得好,你丢下的就是这么厉害的人。我现在事业蒸蒸日上,而你原地踏步,这就是我今天来的目的。我目的达到了,看你把自己的日子过得跟个中年男人似的我就放心了。我之前对你念念不忘过,你知道为什么吗?因为不甘心,我就是不想让你过得心安理得,我就是想要你一直后悔，一直觉得抱歉。这，就是我来的原因，明白了吗？我想过得好，但是不想你过得好。"

赵阳沉默了许久之后开口说："我后悔过。"

"什么时候？"

"想起你的每一个时候。"

杨瑞捷埋下头，用手撑住额头，抬头笑道："是吗？可是我一点儿都没后悔过。我唯一后悔的是，为什么没早点跟你分手！"

她轻笑了一下，又像是在笑自己："对了，你结婚时记得请我，我来随个份子。份子钱记得给你老婆买一份像样的礼物，别委屈了人家，不是所有人都像我。"

"你真的觉得我没有送过你像样的礼物吗？"

她偏头反问道："难道有吗？"

"那一年微博刚刚流行，你天天在微博上转发抽奖。还抱怨自己运气差，说'好运气永远不会落在你身上'，对吧？后来，你还真抽中了一部手机，是吧？"

"对啊。"杨瑞捷点头，"我觉得那是我运气的开端。但是，这个关你什么事儿啊？"

"那个手机，是我买给你的！不信的话，你可以问问那个官博。抽奖的人那么多，私信他说假装抽中你，礼物我自己寄。我真的尽力了，那个时候我真的很想对你好，很想跟你在一起。"

杨瑞捷愣住了。

她愣了一会儿，什么话都没有说，提着包包就走了出来。她走的每一步都像是踩在云朵上，下一秒就像要踩空了倒下去。而她没倒，她走到了门外，看到灯光下的赵阳低着头，没有追出来的意思。她在路边拦了一辆出租车坐上去，然后在出租车上号啕大哭。

为了见他，她去了一个月的美容院，她还为自己设计了一条漂亮得不得了的裙子。为了不破坏妆容，她连饭都不敢吃。她都想好了要说什么话，要做什么表情。

她穿好盔甲备好战衣磨好刀剑，准备打一个漂亮的仗，而唯一的对手却已经归居田园东篱南山。她的那一剑刺在了空气里，自己也被带了一个踉跄。

她心里那个漏风的洞，也在四年之后才流下的眼泪里，被另一样东西塞满。

杨瑞捷回到北京，删除了赵阳所有的联系方式，回到了之前风生水起的生活。那个见前男友的狼狈夜晚，也再也没有跟人提起。

她对赵阳再也没有了一丝念想。

太阳落下去，在太阳升起来之前，有些事情就能被永远地改变。

她偶尔也看电影了，和朋友窝在沙发上吃着水果和薯片，抱怨着最近体重的浮动。笑着闹着，然后她突然就安静了，笑容也僵在了脸上，再接着，她轻轻地笑了起来。

她看到了一个似曾相识的电影。

那个电影里，有个小孩儿讲了一个笑话：有一个人溺水快要淹死了，他就祈求上帝来救他。这个时候来了一艘船要救他，他说我不走，我要等上帝来救我。然后他继续祷告，又来了一条船。他依旧不上船，他说我要等上帝来救我。后来这个人死了，他上了天堂很生气地质问上帝："你为什么不来救我？"上帝说："我不是派了船去吗？"

"哎，你觉得我是什么？"

"一条船吧。"

"为什么是船啊？船多丑啊！"

因为，生命如同渡过汪洋大海，而你是上帝派来拯救我的那一艘船。

/ 杨美味

# 女孩子，要过几年一个人的生活

❤

Chapter 14

如同先照顾好自己才能照顾好别人一样，只有过好一个人的生活，才能过好两个人的生活。


多多是土生土长的上海人，即便读大学，也是在本地读的，虽然学校安排了宿舍，但她从来没有住过一天，每天宁愿坐两个小时的地铁也要回家。大学毕业后，她在上海找了一份文秘的工作，薪水不高，但因为离家近，便欣然接受。谈恋爱谈了两年之后，男友央求她从家里搬出来，过两个人的小日子，她不舍那个温暖的家，迟迟没有回复。直到有一天晚上，心情郁闷的她夜里十点多打车去男友的家，一进门，看到男友怀抱里有另一个女人。

第二天，她决定从家里搬出来，她觉得就是因为自己不愿离开家，所以才造成男友劈腿。趁这个教训的热气正旺，她一定要跟家做一次告别，否则，以后会更难走出这一步。

于是，她用自己微薄的工资在寸土寸金的上海租了一间十平方米的单人间，和三个人共用厨房、洗漱间和卫生间。最开始的一个月，为了不狼狈地去和室友争抢着洗漱，她一直用湿巾擦脸，然后化妆；遇到尿急，也要憋着去公司；从来不做饭，在路边随便找家便利店买点零食将就一下。虽然没有家里的热汤热饭，她想着只要能渐渐适应一个人的生活，也是值得的。

不幸的是，她的舍友"志同道合"。那三个女孩子，时不时地带男友回来过夜，或者请一大堆朋友来家里喝酒唱歌，或者就这三个女生搓麻将到半夜。就像多多无视她们的存在一样，她们也无视她的存在。利用公共空间时，从来不和她打招呼，还一副理直气壮的样子。但多多是狠了心地要住下了，付了半年的房租，不能说走就走。撑，往死了撑！

可第三个月刚开始的时候，她就一句话没说地搬回家去了，她可以与别人斗，可以与生存环境斗，但斗不过自己，斗不过自己的无聊、寂寞和无所事事。

她的父母都是普通公司的职员，没有过多的日常应酬，从小到大，家里总是有一个人陪伴她，她没有一个人吃过饭、一个人睡过觉，连逛街都会叫上妈妈一起，所以，从未尝过一个人生活的滋味。从家里搬出的那天晚上，在房间里看着墙上自己的影子，第一次感受到了形单影只的落寞。那一刻，她恍然明了：长久以来自己贪恋的不是家里舒适的床、可口的饭或者随时可以洗澡的热水器，而是总有一个人在身边的小热闹。

为了对抗一个人的无聊，工作日下班后，她就趴在床上看美剧，直到看得眼睛酸疼，才倒头就睡，两个多月的时间，她几乎把近五年错过的美剧看了个遍。只不过，每到周五晚上，她就没有看美剧的心情了，总在打算周末两天怎么过。想着在十平方米的天地里，站着、坐着、躺着，都是一个人。她也想过去逛街，给朋友打了几个电话之后，就放弃了。人家都忙，没有时间陪她，后来，她便打消了外出的念头。她觉得一个人站在街上，所有人都能看到你是一个人，而一个人在屋里，只有自己知道是一个人。

于是，看美剧、发呆和躺在床上无聊地翻网页，成了她最日常的生活。有时，想到下班后要回到那个一个人的房间，还要和三个女人斗争，她就想在办公室多待些时间。可看到那些格子里的人一个个散去，空荡荡的办公室只有她一个人时，又会迫不及待地收拾东西走人。

孤单就是这样一种东西：没有觉察到就不存在，而一旦觉察，它便如影随形。后来，多多在上下班的路上，都会觉得路人在看她，似乎在说瞧，一个人呢，多可怜。以前她无比讨厌合租的那三个女人，觉得她们生活粗糙得让人受不了，可某一天，她回家时，看到三个人围在一起吃热气腾腾的蔬菜火锅，便羡慕不已。两个月里，她没有回过一次家，因为害怕一旦回去，就再也没有勇气出来。

日子越过越像一场战役了。她尝试各种办法让自己忘记"一个人生活"这个事实，但总是忘记之前先想起，反而是一遍遍地强调了自己的孤单。甚至，这影响了她的工作，如果办公室的几个女同事一起出去吃午饭而没有叫上她，这顿饭她就不会吃了。以前也有这种情况，但她会屁颠屁颠地跟上她们，但现在，她不会了。

好像全世界的人都在歧视孤单的人。

一切都变得乏味了，她几乎忘掉了快乐的滋味。于是，大哭一场之后，她决定搬回家，如同搬出来一样决绝，第二天，她就搬了回去。她想，过不了一个人的生活，不过就是了。结婚之前住在父母家，结婚之后，有了丈夫和孩子，到老都不会是一个人了。为什么非得把自己逼进死胡同呢？

回家后，多多又过起了天堂般的生活，早上起床后就有母亲准备好的热腾腾的早餐；晚饭后，会和父母一起去散步，聊着彼此在工作中发生的趣事儿；周末窝在家里，和母亲一起看韩剧，吐槽这个男人帅那个男人糟，或者牵着手，一起逛街。细水长流的日子和过去没有什么两样，这让多多更加坚信搬回家的选择是对的。

一年多以后，父母给她安排了一次相亲。由于父母之前做了充分的准备和认真的挑选，多多只见了一面，便觉得很是合适。男人成熟稳重，在一家网络公司做销售主管，在上海有房子，这一切都符合多多想要拥有一个安稳的家的愿望。两个人年龄相对来说都比较大了，而且双方家长和彼此也都挺满意的，半年后，两个人就闪婚了。多多为此兴奋不已，像是完成一个任务一般，大松一口气，她终于要有属于自己的家了。

初为人妇的她，对家里的一切都感觉格外新鲜，似乎有干不完的活儿在等着她。每天下班后，她会第一时间冲回家，打扫房间、洗衣服，然后进厨房精心准备晚餐。倘若她做的这些还能得到丈夫的赞美，那就再好不过了，甚至于，相比较工作而言，她更喜欢待在家里，一整天一整天地待在家里。丈夫对她也非常满意，因为工作比较忙，回家之后，就有干净整洁的家和热腾腾的饭菜等着他，一天的疲惫也就缓解了很多。

可这种美满幸福的日子，并没有持续长久。半年之后，男人被安排去统筹和策划一个新的部门，加班的时间渐渐多了起来，有时，加班到半夜，为了方便，就不回家了，在办公室睡一会儿再继续工作。丈夫不回家吃饭、不回家睡觉，多多突然之间就变得没有激情起来，似乎她做的所有家务都是为了让丈夫看到，而一旦他不在，她觉得自己做的这些没有人欣赏和肯定，也就没有意义了。

于是，她又恢复了单身时的生活，虽然家里有整体厨房，但她还是会在外面买快餐带回家吃，丈夫不在家，她就不想开伙做饭。下班后，也没有精气神儿打扫房间了，就窝在沙发里看电视；一堆衣服落在洗衣机里，就是不愿按动按钮，让它滚动。"整个人像死了一样。"她说。这时，她会想起之前搬出家的两个月时的状态，和现在的无聊、寂寞没有什么两样。

最让她受不了的是晚上。刚开始时，丈夫偶尔不回家，她虽然心里不愿意，但还是想着要体谅他的工作，又不是他不想回来，只是工作迫使而已。可慢慢地，她养成了如果丈夫不回家，她就一晚上睡不着的习惯。一整夜一整夜地失眠，昏昏欲睡，却就是睡不着。她给丈夫打电话，他一边忙着手头的工作，一边安慰她几句，也就挂了。过上一两个小时，她还是睡不着，再打一次，如此往复，一夜又一夜。直到有一天，丈夫恼怒地对她说不要每天晚上都给我打那么多次电话，烦不烦啊，你睡觉就是了，晚上加班，本来效率就不高，你还一个个电话打断我。她也觉得委屈，哭着说："可没有你在家，我睡不着啊。"丈夫丢下一句"以后这样的日子多着呢，这么大年纪的人了，连一个人睡觉都怕，那还能做成什么"就挂了。

多多还是幸运的，这样的日子并没有持续很久。丈夫日夜加班，用三个月的时间完成了领导交给的任务，终于可以以正常的时间回家了。多多欣喜不已，像是忍耐了一冬的春天一样，一下子就朝气蓬勃了。家里的活儿也似乎破土而出了，忙碌的生活也让她充实了很多。丈夫就是她的太阳，瞬间就能把她照亮。

结婚一两年之后，日子开始变得平淡如水，再也没有最初两个人如胶似漆的激情了。最先变化的是丈夫，不管之前工作有多忙，他都会尽量地回家吃饭，而现在呢，他有事儿没事儿地就在外面和朋友一起吃，一周之内，至少有三天的时间是在外面吃。多多不高兴，说外面的饭有什么好吃的，连材料都看不到，多不健康，回家吃多好。丈夫安慰她说整天在家里吃是好，可自己一个做销售的，如果不和朋友保持联系，怎么可以。看似是在吃饭，其实很多生意都是在饭桌上谈成的。

多多是个明事理的人，可在日复一日的生活中，她渐渐地没有了最初的耐心。在家一个人的无聊，比什么都能让她感觉痛苦。

她一想到今后的几年都要这样孤单地生活时，就变得有些失去理智。她会在丈夫在外吃饭时给他打电话，说她身体不舒服，要去医院，丈夫不得已赶回家，看到舒服地在看电视的她，她就说刚刚吃过药了，好了很多。或者会在下班之后，直接到丈夫的办公室等他，要和他一起回家，这样，同事看到人家的妻子在等，就不好意思叫他一起去吃饭了；更或者有一天，她给最经常和丈夫吃饭的朋友打了电话，话里有话地告诫他们以后尽量不要和她丈夫一起出去吃饭。

没过多久，丈夫的朋友都知道了多多不想让他去应酬的事儿，所以，为了人家家庭的和谐，朋友也就尽量不叫他吃饭了。丈夫先是觉得奇怪，酒场突然就少了很多，某一天，他从朋友的玩笑话里才知道，原来是多多暗地里做了这么多事情。

男人，对朋友这件事的重视超出女人的想象，所以，多多这样做的后果可想而知。丈夫甚至撂下狠话，说如果再干涉他的生活就离婚。而且，他还越发"叛逆"，多多越是这样在背后操作，他越是增加应酬。

生活再次变得暗无天日，有时，多多真想着要离婚，两个人这样敌对，还不如一个人来得轻松，可是离婚之后呢？

一个人生活，她能对付得了吗？所有的事情，当遇上"一个人生活"这个问题时，多多都会败下阵来。这次也是如此。她坚决不能离婚，即便丈夫晚上有应酬，可是还是回家的，周末有时候也是在家的，仔细算起来，在家的时间也是挺多的，有个人可以说说话，挺好的嘛。

三四年过去了，因为丈夫喝酒，两个人依旧没有孩子。多多朝思暮想地想有个孩子，一方面有了孩子后，和丈夫的紧张关系可能得到缓解；另一方面，有孩子在，她的生活也会忙碌、充实很多。

只不过，我们朋友谈起多多来时，却说还是没有孩子的好。多多为了摆脱无聊，就想办法拴着丈夫，拴不着时，就想着拴住孩子，可她从来没有想过要拴住自己，自己陪伴自己，比丈夫和孩子都要长久和容易得多。

我身边的"多多"不止一个，而且队伍庞大。他们只能生活在人群中，一旦一个人，就生不如死。有人说，这也是现代人的通病——害怕独处，害怕孤单，害怕一个人。所以，很多"聪明"的女孩子，从家里出来之后，赶紧找个人嫁了，实现从一个"家"到另一个"家"的完美过渡，中间不给自己留一点儿"独处"的缝隙。可她们不知道的是：你可以不强迫自己过不喜欢的生活，可生活会强迫你；你以为婚姻可以让你不再孤单，殊不知，两个人的孤单才更孤单。企图用婚姻来"逃避"自我的方法，最终还是会毁了自己。一个不会与自己相处的人，也一定不会和他人相处。

我想，女孩子一定要过几年一个人的生活。不是一个月、半年，是至少一年以上，如同训练一样。让女孩子一个人生活，不是为了锻炼她做家务、整理房间、烧菜的能力，而是学习如何与自己相处。而在女人的一生中，没有比学会如何与自己相处更重要的了，它是女人的命根。

一个人独立生活，尤其是女人，关系到一个底气的问题。它会带给你一种不依傍的自信。这种来源于自身的能量，可以让女人在恋爱，或者是婚姻中留有属于自己的空间。听过太多女生一深爱就忘了自己的惨痛故事，女人失去自己，断断不会是因为爱上了一个人，而是在此之前，就没有觉察到自己的存在，只不过，之后被更深地淹没了而已。在很多年里，同学、同事、朋友前拥后抱、热热闹闹，让人误以为这就是生活的常态。但其实，孤独才是永恒的状态。

学习如何与自己和解、如何与孤独相处，如何与时间为伴，是每一个人的必修课，而且它如同养分，对人的滋养，是缓慢渗透的，所以这堂课，越早上越好。可一个人生活总是难的，更多的空闲时间扑面而来，无聊也随即铺天盖地，还要战胜来自内心和外界的恐惧，只是想想，就觉得坚持不下去，刚开始，我也这样认为，但真正做起来，完全不是这样。

因为某些原因，我曾经有两年多的时间在外地独自生活。每天都很规律，上午写稿、下午准备考试、晚上读书，除了偶尔的身体不舒服和心情不好，七百多天都是这样过来的。

最开始也是很难。二十多年，每天都和钟表相伴，却在那一年，第一次清清楚楚地听到了钟表的嘀嗒声；洗了上万次的脚，那一年，第一次知道用盆接洗脚水的声音会把暗夜都吵得沸沸扬扬；第一次体会到一天二十四小时是如此的漫长，自觉做了好多事，时间却只走了一点点。那时，我甚至担心：如果长时间不和别人说话，会不会得失语症？我找了很多资料，也没有答案，但之后，为了避免自己真的失语，只能过几天就给朋友打一次电话，聊聊天。

因为有很多书要读，有很多稿子要写，渐渐地就忙了起来。虽然还是一个人，但状态变了很多。为了让自己的生活变得多样，我想了很多的办法。

以前早上都是在路边吃点豆浆油条凑合一顿就行了，后来，我便要求自己，早上六点多起床，步行去市场买菜，置办够一天的新鲜食材，回家自己做，这样做还有个好处，就是能接触到很多人，遇到比较爱说话的商贩，可以聊上那么几句，心情也会好很多；傍晚时，开始规律地到附近的大学操场慢跑，每天半个多小时，累了就坐在一边，看大学生打球的打球，牵手的牵手。

有一次，看到有瑜伽工作室招生的广告，便报了个周末的瑜伽班，和十几个女人，由陌生到熟悉，最后，竟觉得在这个城市也有很多朋友了。

就这么一些微小的改变，就把我除了写稿、读书的时间全部占满了，一个人也能变得忙碌起来，一天天下来，竟然也毫无察觉，等到过年回家时，才意识到已是一年过去了。

人都会有恐惧，并且会自觉放大恐惧，但事实上，把那些恐惧分解到一天天里，就没有了。

两年的时间，让我知道：即便有一天，全世界都抛弃我，我也会活得很好。这是发自内心的坚持，是七百多个日夜所给予我的最大财富。女生都渴求来自男人的安全感，倘若她们有过一个人生活的经历，就知道自己给予自己的安全感，更实在。

所以，不论现在独自生活的你有多么艰难，一定要坚持下去，直到自己能够享受这种生活，并真正获得它的滋养，与它握手言和，才能去过另一种热闹纷扰的生活；倘若此刻，你虽在人群里狂欢但仍觉孤独，那么给自己一个独居的机会吧，你不知道它会有多么美好。

/ 蓑依

她惊艳了时光
她温柔了岁月

♥♡

Chapter 15

也许有一天我们终会明白。

用一世桃花，换一生相守；用一生惊艳，换一世温柔；爱一个人，就是要陪他看细水长流。


听朋友讲了一个故事，他的朋友，一对曾经相恋八年的恋人最后选择了分手，无疾而终。前段时间两个人突然分别和一个相恋只有三个月的人迅速结婚。这是我一年中听过的最悲伤的爱情故事。

我想他们与彼此新恋人在一起的那三个月时光一定是绚丽和浪漫的，绽放出了由于八年的爱情马拉松所憋坏了的久违的激情。谁不想自己的爱情永远像热恋般炙热，可时间偏要悄悄带走所有的激情，抚平伤痕的同时也平淡了你曾经最美好的流年。

"人这一辈子会遇见两个人，一个惊艳了时光，一个温柔了岁月。"

遇到过很多对爱情摇摆不定的朋友，可概括起来其实他们就是两种人：遇够了惊艳时光的，苦苦等候温柔岁月的人。

被温柔过岁月，却觉得生活缺少激情，默默期待惊艳时光的人。

总之，吃过熊掌的人会期待鱼的出现，吃腻了鱼的人也会羡慕有熊掌的人，吃不到的糖永远是最甜的。

如果你已经遇见过这两种人，那你一定要知足，爱情的千万种味道概括起来无非也就是这两种。

你会偷偷怀念那个惊艳了时光的人，正如有一天你会厌烦那个温柔了岁月的人。

短暂的爱情，美好的情人，让人心动的艳遇，偶然浪漫的邂逅，生命中太多角色都可以归入惊艳了时光的人。她们会给你一段充满激情，疯狂洒脱，好似只存在于电影中的一段刺激与浪漫的美好经历。只不过，无论那时的她们让你多么的痴迷，多么的浪漫，爱你爱得如何轰轰烈烈，奋不顾身，最后都只会在你生命里停留一小段时间。

因为惊艳了时光的人是不会在你身边停下脚步的，否则也就不会惊艳了。

可如果想温柔你的岁月，那就真的是一场智力与体力相结合，耗费青春和生命的马拉松了。因为她们必须停在你身边很久很久，久到你厌烦，久到你想甩开她，久到你开始偷偷出去玩不告诉她，久到你想尽办法躲开她的视线所及范围。可她还是会不依不饶地留在你身边，任你抱怨、任你嫌弃、任你推开，她就是执拗地相信你这个孩子没有她生活不能自理，没有她会长不大，没有她会受委屈。没有她在你身边，你受挫时，彷徨无助时，没有人能真的再像她一样，静静地坐在你身边陪伴着你，然后她就是这样偏执到近乎不可理喻地留在你身边，直到慢慢温柔了你的岁月。

这世上有很多人都可以惊艳你的时光，而她们也只愿惊艳你的时光，但很少有人愿留在你身边直到慢慢温柔了你的岁月。一生也许只有那么一个，错过了便不再有。

在这样一个喧嚣的青春，有谁会真的心甘情愿温柔一个人的岁月？那不是半年、一年可以做到的，那是需要五年、七年，甚至十年的马拉松爱情才可以修成的。更何况，谁不会怀疑，谁不会猜忌：我为这个人牺牲了青春年华，即便温柔了岁月，最后又是否能修成正果？

现实中太多的例子证明，大多数女孩在好不容易教会了一个男孩如何去爱、如何去承担、如何去珍惜，成为了他人生的爱情导师后，她用自己的遍体鳞伤拔掉了对方身上所有的刺，然后转身竟然给下一个陌生的女人做了美丽的嫁衣。

温柔了岁月，太苦太累，而且结局看起来永远是那么扑朔迷离，这是最不划算的赌博。

惊艳你时光的人，她们会对你嘘寒问暖，会陪你有说有笑。她们可以陪你聊到天亮，陪你玩到疲倦，她们会做一切让你开心的事。她们不会管你，不会束缚你，陪你一起享受疯狂的青春，在身体上和精神上都给予你足够的愉悦和刺激。

而温柔了你岁月的人，她们会对你无微不至，会和你有说有笑，但她们会跟你生气和你吵架，只是因为你没有听话，忘记照顾自己。她们也会陪你聊到深夜，陪你玩得仰天大笑，只是她们最后总会板着脸告诉你："该睡觉了，再不睡明天就不理你了。"

她们也会陪你疯狂，只是总要给你那么一点束缚和界限，因为她们不只是想让你快乐，更想让你健康成长。

她们不是过于沉闷或不解风情，只是一切都真的为你好。

比起那些惊艳了时光的人，她们更愿意在你失望伤心时悄悄地来到你身边。这个时候的你是最容易无理取闹，乱发脾气，可这时的你也只有她容忍得了，她甚至都不会生气，只是微笑地看着你。

也许后来的你会慢慢发现，每一个可以温柔你岁月的人，其实都是可以惊艳你时光的人。只要她说走就走，只要她不那么固执地留在你身边，这真的不难。何况人都一样，谁不想多感受几个异性，谁不会憧憬没有品尝过的味道，只是她不愿这样活在你的回忆里，她想永远地流淌在你的生命里，爱着你，呵护你，陪伴你。

《初夏荷花时期的爱情里》写道，爱情里最伤人的一句话便是："亲爱的，人都是会变的。"

是的，惊艳了时光的人，一定会变，可温柔了岁月的人，却永远不曾变过。惊艳了时光的人终要离开你，不会离开你的只有那个默默温柔了岁月的她。

如果有一个人守在你的身边仍旧不会变，那你真的幸福得让很多人羡慕。可我怕你不珍惜，最后反而对着那个对你从来没变的人说了这句："亲爱的，人都是会变的。"

有的人还没来得及留下任何记忆就已经离开，有的人虽然离开却留下了永远的记忆。有时你愿陪她永远，她却只能陪你一程，有时你只能陪她一程，她却愿陪你永远。

任岁月平淡了流年，任时光抹去了激情，那个人还是静静地坐在你的身旁，直到温柔了你的岁月。不管你曾经被伤害得有多深，她的出现，她的守候，都让你原谅了之前生活对你所有的刁难。

感谢那些曾经在你生命中驻停过一段日子，惊艳了你时光的人，但一定要珍惜那个愿意苦苦等候，傻傻相依直到温柔了你岁月的她，那才是你生命里真正的无可替代。

惊鸿一瞥是生命的美妙，细水长流是淡淡的幸福，你究竟想要哪一个？

也许有一天我们终会明白。

用一世桃花，换一生相守；用一生惊艳，换一世温柔；爱一个人，就是要陪他看细水长流。

其实想说的很简单。愿你珍惜，愿你我，终会明白，早些明白。我们总说着，想找到一个真正值得自己珍惜的人，可现实往往是当你终于学会珍惜后，才恍然明白曾经的那个人究竟有多么值得你珍惜，可你却早已没有了珍惜的资格。

愿那个曾经惊艳了时光的人，最后也能留下温柔岁月，谁让我们就是这样贪心呢。更愿你我最终能守住那个温柔了岁月的人，真的要守住。

/ 陈亚豪